pages

4th COLLECTION

pages

4th COLLECTION

부치지 않은 편지

'pages' 는 여러사람의 'page' 가 모여 완성된 책입니다.

매 권 특별한 주제(혹은 문장)와 장르 안에서
다양한 글을 엮어 만들어냅니다.

* 100편을 훌쩍 넘는 수많은 사연들을 다 싣지는 못했습니다.
  사연에 빌어 온 시와 노래의 전문全文들은 덜어냈습니다.
* 이야기의 무거움을 담기엔 이 책이 너무 가벼워 싣지 못한 편
  지도 있습니다.
* 의도적으로 교정/교열을 하지 않고 최대한 원문 그대로를 실었
  습니다.
* 보내주신 제목을 최대한 반영 하려했고 때로는 첫 문장으로 때
  로는 임의로 붙이기도 했습니다.
* 아직 부치지 않은 편지의 주인공은 글을 쓴 본인만 알 수 있도
  록 각 글과 작가를 의도적으로 분리해서 담았습니다

하이얀 종이위에 곱게 써 내려간
너의 진실 알아내곤 난 그만 울어 버렸네

- 어니언스 <편지>

부치지 않은 편지가 있나요?

지나간 사랑에게
이제는 만날 수 없는 사람에게
혹은 지나간 날의 나에게
혹은 언젠가 내가 만나게 될 누군가에게
네 번째 pages는 '부치지 않은 편지'라는 하나의 말로
시작합니다.

따로 돌아누운 외로움이 슬프기만 해요

날 떠나던 뒷모습이 자꾸만 멈칫하신 건 날 사랑한단 얘기로 들렸죠

편지는 항상 대상이 있고
부친다는(전달이라는) 행위를 수반합니다.
(당신은 어떤지) 안부를 묻고
(나는 이렇게 지낸다는) 소식을 전하고
(상대방의 몸이나 마음이 움직이길 바라는) 용무를 전합
니다.

당신이 부치지 않은 편지를
혹은 차마 부칠 수가 없어서 마음 한편에 접어 둔 편지를
모으고 모아 책에 실어 대신 보내 드립니다.

못다 했던 우리들의 사랑 노래가 저 하늘 별 되어 아픈 내 가슴에 맺힌다

그대 지난날들을, 그대의 아픈 얘기를 모르고 싶은 걸

서로를 위한 길이라 말하며 나만을 위한 길을 떠난 거야

우리가 찾는 소중함들은 항상 변하지 않아 가까운 곳에서 우릴 기다릴 뿐

눈물에 번진 구름 같은 노을빛이 내리면 술 샘솟처럼 떠오르는

따로 돌아누운 외로움이
슬프기만 해요

- 이승환 <가족> 중

001

엄마에게

엄마, 나 슬이야. 엄마가 떠난 지 벌써 일주일이 지났네. 실감이 잘 나진 않아, 근데 실감이 또 나긴 해. 말이 이상하긴 한데 그래. 오늘은 아침 7시쯤 일어나서 화장실도 다녀오고, 그러고 나니깐 배도 고파져서 밥도 많이 먹었어. 밥 먹으면서 드라마도 보고……. 그러다가 8시 반이 되었나, 엄마가 있었으면 같이 <황금 연못>을 봤을 시간이구나 싶었어.

노트북 열고 연락할 준비를 했어. 엄마 장례식에 온 아빠 측 조문객들이랑 엄마 측 조문객들에게. 몇몇은 답도 다시 오더라. 엄마 친구들에게 전화도 했어. 선희 이모랑은 꽤 오래 통화했어. 엄마랑 연락 잘 하다가, 연락이 되지 않았던 시간들을 이야기하더라고. 그때부터 엄마가 재발해서 아팠지……. 울먹이기도 하시고, 아직 엄마를 많이

그리워하나 보다, 생각했어. 서울 오면 보자고는
했는데, 모르겠어. 붙임성 있게 연락드릴지는. 그치,
엄마도 내 성격 알잖아.

며칠 사이에 전화를 많이 했어. 장례식 때 와준
친구들, 지인들에게. 감사하다는 마음을 전하며
문자도 하고 카톡도 보내고. 혜원이랑 1시간 넘게
통화했어. 신월공원을 걷다가 벤치에 앉기도 하며
전화했는데 참 고맙더라. 와준 것도 너무 고맙고,
이렇게 이야기 나눌 수 있는 것도 고맙고. 보미
언니랑 통화하고, 힘들 때 전화해 줬던 다른 친구와도
전화했지. 친구들하고 전화하며 생각보다 많이
웃었어. 모처럼 많이 웃었네. 그래서 좋았어.

이모들하고도 통화를 꽤 했어. 은주 이모랑 꼭지
이모랑. 이모들하고 연락은 잘 안 하고 살다가. 엄마
살아있을 때에 좀 할걸. 엄마 건강이 많이 안 좋으니
좀 창원에 와주시면 좋겠다고. 도와달라고. 나 그
말 정말 하고 싶었었잖아. 피붙이인데 너무 안 오는
거 아니냐고… 이 말이 목 끝까지 왔었는데. 쉽지
않았고, 그래서 참았잖아. 엄마는 또 동생들이니깐
직접 그런 말 하지도 못했고…….엄마의 그런 마음,
내가 다 알아. 엄마가 내 마음 다 알 듯이.

근데 그 생각이 드네. 정작 내가 목소리 듣고 싶은
사람은 엄마인데. 엄마랑 대화를 할 수는 없구나.
엄마가 늘 내 곁에 있다고 생각은 하는데, 그래도
실제로 만져보고 얼굴에 뽀뽀하고, 조잘조잘 댈 수는
없구나. 나 진짜 엄마한테 많이 조잘대는데. 특히
최근 세 달 동안은 창원에 있으면서 늘 조잘댔는데.
몇 주간은 그러지도 못했네 그치. 엄마 건강이 부쩍
안 좋아져서.

아까 집에 들어오는 길에, 그 생각이 들더라.
이 세상 그 누구도 엄마만큼 나를 생각해 주는
사람은 없다고. 당연한 건데 새삼 그 생각이 들었어.
오늘처럼 친구들 만나고 집에 들어가면, 엄마는
아픈데도, 우리 딸 왔나, 얼른 손 씻고 코 흥 하고
샤워해래이~ 하면서 오늘 친구들하고는 무슨 얘기
했노? 라고 물었을 텐데. 그럼 나는 오늘 다나랑
선영이랑 만나서 닭갈비 먹고 맥주도 마셨다~
이러면서 오만 얘기를 다 했겠지. 엄마랑 나는 그런
사이잖아. 그럼 엄마가 재밌어도 하고, 내가 피곤하진
않은지 그런 것도 신경 써줬고. 이젠 아무도 그런
사람이 없어. 아빠는 내가 누굴 만났는지도 관심
없는걸. 원래 그랬지만, 뭔가 그게 참 서럽네.

어제는 아빠한테 "엄마 49재는 안 하나"라고 물었거든. 그러니깐 아빠가 그래 하자고. 휴. 안 물었으면 안 했을 건가봐. 내가 말 안 하면 아무도 먼저 말을 안 해. 알려주지를 않아. 이모들이니 외삼촌이니 여럿 있어도. 엄마가 살아있었으면, 아니 살아있었으면 이런 장례식 할 일도 없었겠지만. 엄마가 있었더라면 이런 것 하나하나 다 생각하고 적어놓고, 나한테 선택지를 제시해 줬을 텐데. 일일이 다 이야기 나누고, 결정했겠지. 날 잘 알지 못하는 사람들이니깐, 지레짐작으로 이럴 것이라고 생각했나봐, 이모는 통화하면서, '내가 언니 없어서 얼마나 외로운 줄 아나'이러는데, 엄마 잃은 나한테 할 말일까. 나는 그럼 오죽할까. 내가 이모를 위로해야하나. '이모 저도 오늘 친구 만나고 집에 오니깐, 엄마가 살아있었으면 이것저것 다 이야기할 텐데 싶어서 외로웠어요.'이랬어. 근데 그 말이 이모 귀에 들어갔는지 모르겠어.

조만간 서울 가려고, 혼자 있고 싶다. 농협이니 교보니 삼성화재니 하는 여러 일들도 다 처리 되면 서울을 가야겠어. 여기서 만날 친구들도 만나고 내 길 찾으러 가야겠어. 서울에선 뭐, 어차피 혼자였으니깐. 다만 전화를 걸 엄마가 없다는 거니깐. 아무도 엄마만큼 내 삶을 신경 쓰는 사람은 없어. 오늘 그걸 더 깨달아. 장례식 와준 사람들? 진짜 다 고맙지. 그런데 내 하루하루를 생각해주는 사람은 없잖아. 또 익숙한 듯 자신들의 바쁜 하루를 살아갈 뿐.

사랑하는 엄마. 엄마는 언제나 나를 생각해주고, 현명하게 조언해줬는데……. 엄마의 몸이 차가워지기 시작하던 금요일 새벽에, 너무 걱정스럽고 불안해서 잠을 꼬박 못 잤잖아. 잘 수가 없었지. 그러다 내가 너무 졸려서 '슬이 잠깐 누울까?' 했잖아. 그랬더니 엄마가 그러라는 식으로 답했잖아. 그렇게 답하기 힘든 상태였는데도. 그 순간을 또렷이 기억해. 엄마, 혹시 지금도 내가 눈에 밟혀서 하늘나라 못 간 건 아니지? 아님 지금은 좀 이곳에 머무르는 시간인가?

엄마, 나중에 모든 걸 다 정리하려고. 이미 엄마랑 있을 때 항상 기록은 해뒀어. 사진이랑 영상도 찍고, 음성녹음도 하고, 노트북에 메모하고, 블로그에도 적고. 다 정리해야지. 엄마와 함께한 시간들 다 기억해 둘 거야. 좋은 것 나쁜 것. 잊어버리고 말기엔 아깝고 소중해.

엄마, 엄마가, 엄마 보고 싶을 땐 편지를 쓰라고 했잖아. 그 말 하면서 우리 둘이서 많이 울었는데. 그때는 엄마의 몸이... 갑자기 많이 나빠질 줄은 몰랐어. 이렇게 빨리 엄마에게 편지를 쓰게 될 줄은 몰랐어. 사랑하는 엄마. 나의 반쪽. 내가 그동안 계속 나랑 잘 맞는 남자 찾았거든, 근데 생각해보니 내 소울 메이트는 엄마였더라.

사랑하는 엄마. 내일은 경주를 가. 49재 지낼 절을 살펴보려고. 무얼 어떻게 해야 하는지 정말 잘 모르겠어. 뭐든지 엄마를 위해선 잘 하고 싶은데 모르는 게 참 많고, 역부족이야. 그게 늘 속상해. 이 속상함 누가 알겠어. 나는 늘 의연한 척하며 살아갈 뿐이지.

이만 잘게. 엄마한테 편지 쓰니깐 마음이 좀 낫다. 근데 엄마랑 말하면 구어체인데, 편지니깐 좀 딱딱하다 그치? 서울말 쓰고. 편지 쓰다 보면 자연스러워지려나. 아빠는 코 골며 자네. 나도 자야지.

엄마, 엄마도 잘 자. 많이 사랑해.
사랑하는 딸이

002

할아버지

요즘 새치 아닌 흰머리가 여기저기 돋아나며 깊은
한숨만 나옵니다.

다 뽑으면 머리숱이 절반으로 줄어들지도
모르거든요.

아마 유전이겠죠. 엄마도 흰머리로 고민이 많은 걸
보면 말입니다.

문득 석양빛이 곱게 물들어 있던 할아버지의
백발이 눈에 선하네요.

할아버지의 백발은 정말이지 따뜻한
흰색이었어요. 아름다웠죠.

불어오는 서늘한 바람 끝에 봄이 악착같이 매달려
있습니다.

다시는 오지 않을 것만 같던 봄이 어김없이
찾아옵니다.

물론 이 봄이 이전에 지나갔던 그 봄은
아니겠지만요.

어려서부터 하기 싫은 건 절대 안 하는 저였죠.

특히 누가 시켜서 하는 건 정말 하기 싫었습니다.

죽이 되든 밥이 되든 모든 걸 제 의지로 하고 싶었어요.

근데 계절은 제가 맞이하기 싫어도 맞이해야 하고 보내기 싫어도 보내야만 하고...

제 의지가 1도 반영 안 되는 '계절의 오고 감'은 저와 정말 안 맞아요.

사나운 겨울도 늘 버겁지만,

자신이 '봄'이기에 다들 좋아할 거라 삐기듯이 오는 봄은 너무나도 얄밉고요.

올 테면 오든지라는 식으로 눈길조차 안 주려 하는데,

무시하기엔 봄은 금세 마음속까지 깃들어 결국 제 자신이 봄이 되어버립니다.

그래서 더 슬프고 분한 계절입니다.

알듯 말듯 한 눈물이 가득 차 가슴이 먹먹해지는 것도 이 때문이겠지요.

이젠 압니다. 슬퍼만 하기에는 삶이 길지 않다고.

하기 싫어도 해야만 하는 일이 있고(어쩌면 거의 모든 일이 그렇겠지요),

맞지 않는 대상과도 어느 정도는 넉살 좋게 맞춰가야 하고.

그렇게 해야 하는 유일한 이유는 제가 어른이
되었기 때문이란걸요.

적다면 적고 많다면 많은 나이 서른 중반을
넘어서고 있고,

서른다섯 넘어서 결혼하겠다던 저는 벌써 두
아이의 양육자가 되어 있습니다.

결혼하고 아이를 낳았기 때문에 어른이 된 것이
아니라,

삶이 내 맘처럼 흘러가지 않는다는 것을 깨닫게 된
순간 제가 어른이 된 것을 직감했습니다.

그런 의미에서 어른이 된다는 건 나름 슬픔의
범주에 속하지만,

한편으론 제가 사랑하는 어른들을 이해할 수 있게
되어 긍정적이기도 합니다.

할아버지를 그리고 엄마를 알아가는 과정...

제게 사랑을 베풀어주기만 하셨지만 그게
할아버지의 행복이었을 거란 것도 이젠 알겠어요.

할아버지께서 가장 사랑하셨던 첫째 딸 미조.

미조의 첫째 딸.

할아버지의 첫 손주.

바로 저.

이처럼 제 사랑의 근원을 되짚으며,

거부할 수 없는 봄의 마음이 되어 할아버지를

그리네요.

　　손녀 올림

003

내 사랑의 근원에게

안녕?

우리가 다툰지 일주일이 좀 안 되는 시간이 지났네. 그 시간을 계속해서 여러 방법으로 운을 뗄 연습을 하다가 이렇게 편지를 써.

그 날의 대화가 시간으로 치유 받기에는 내게 꽤 깊고 본질적인 상처를 남겨서, 우리가 꼭 함께 치유했으면 하는 마음에 먼저 이야기를 꺼내게 되었어. 우선, 그 날 내가 소리를 지르고 언성을 높인 것 미안해. 사과할게. 아빠가 심히 놀랐을 것 같고, 딸로부터 상처를 받은 아빠를 생각하면 마음이 쿡쿡 아프게 후회가 되었어. 하지만 내가 단순히 욱한 것이거나 아빠가 말한대로 인성이 뒤틀린 문제로만 덮을 순 없을 것 같아서 대화를 나누고 싶어. 아빠의 말이 감정의 촉진제처럼 내 마음을 터뜨린 이유를 생각해보니 두 가지 정도가 있더라.

하나는 우리는 마음 속 각자의 깊은 이야기를 아껴둔지 너무 오래 되었다는 거야. 침묵이 익숙한 가정에서 살고 있지. 물론 사랑과 배려라는 이유로 말을 아끼는 것이지만, 이건 곧 무지에 대한 핑계라 생각해. 사실은 서로가 무슨 생각을 하며 사는지, 어떤 상태에 놓여 있는지를 모르는거야. 무지할 때 말이 나가면 나처럼 상처를 받는 것이고, 그러다보니 말을 아끼게 되는 악순환에 빠지고 말았어. 타인의 제한된 시선에서 보면 한 사람이 속한 사회나 공동체의 생각은 그 개인의 생각과 다를 수 있음에도 우리는 두 가지를 똑같이 치부해버리는 실수를 저지르곤 해. 나도 이런 실수를 아빠에게 했을 거고, 그 판단 자체를 내려놓으려다 보니 점점 더 아빠를 모르겠더라.

어느 순간부터 아빠는 영화만 보는 사람, 영화에 갇혀 사는 사람, 다른 세계 속 길을 걸어가고 있는 사람처럼 멀리 느껴지곤 했어. 우리는 좀 더 각자의 마음에 대한 생생한 이야기들을 투명하게 들려주고 들을 필요가 있어. 영화 속 대사나 장면 같은 걸로 은유할 수 없는 우리의 마음들 말이야. 여덟살 때 서울 집으로 온 이후부터 나는 늘 아빠의 이야기가 듣고 싶었고, 이야기하고 싶었고, 생각을 나누고 싶은 아이였어. 그래서인지 우리의 말다툼이나

균열이 위기가 아니라 변화의 기회라는 믿음이
있어. 변하려면 먼저 금이 가야 하니까, 이제 틈이
생긴거지.

　　내 마음이 터져 버린 두 번째 이유. 아빠의
겉모습들에 대한 속상함과 안타까움이야. 나는
아빠든 누구든, 그 어떤 인간도 강하다고 느끼지를
않아. 누구나 속은 연약하고, 문드러지기 쉽상이고,
여리고 고독하기 때문이지. 그래서 난 이 마음을
가지고 누군가를 있는 그대로, 존재 그 자체로 사랑할
수 있기에 축복 받았다고 생각해. 각자를 유약함으로
볼 수 있다는 사실이 축복적이야. 같은 집에 살며
우리는 서로를 버거워할 때도 있지만, 그 때 조차도
서로의 있는 그대로의 모습을 사랑할 이유가 더
많았어. 왜냐하면 우리가 이렇게 함께 살아가는
원동력은 어떤 겉으로 드러나는 이유 때문이 아니라
‘사랑’이 본질이기 때문이야.

　　어떤 모습의 가정이건, 그게 때론 내게 치유되지
않는 상처를 남기더라도 나는 우리 집을 사랑하고
있어. 그래서 이 집의 구성원인 아빠가 어떤 상황에
있든, 어떤 모습을 하고 있든 난 아빠를 사랑해.
돌아가신 할머니께 쓴 편지 중 아빠가 좋아한
문장이기도 하지. 난 아빠가 일을 하든, 백수든, 흰
머리가 있든, 염색을 하든, 영화를 보든 (당신만의

상자 속에 갇히지만 않기를), 그냥 누워 있든 아빠
자체를 사랑하는 것이야.

그러니 어떤 상황에 휘둘리지 않았으면 해. 신념을
잃거나 시선이 좁아지는 안타까운 모습에 갇히지
않기를 간절히 바라. 제한되고 좁은 시견이나 고집,
편견을 우리가 내려 놓고 우리가 사랑이라는 본질로
지어진, 그렇게 지금까지 살아온 사람들인 걸 잊지
않으면 좋겠어. 그러니 좀 더 여유 있고 건강한
마음을 아빠답게 회복할 수 있기를 기도할게. 이렇게
길게 사랑 고백을 해가며 아빠가 알지 못했을 내
속마음과 생각을 나누었는데, 답은 주겠지?

대화든, 편지 답장이든 이번에는 아빠의 진심과
이야기를 기대할게.

I love you.

Have a good day, dear papa!

딸이.

27살의 정미 씨에게

안녕하세요. 시작하자마자 미안하다는 말 먼저 해야 할 거 같아요.

우리가 만남으로써 정미 씨의 인생은 아주 많아 달라졌거든요.

정미 씨가 어떤 미래를 기대하고 꿈꾸던 아이였는지 모르겠지만, 그런 건 다 잊으셔야 해요.

어차피 저를 만나면서 정미 씨가 꿈꾸던 미래는 완전히 달라지니까요.

아니 그냥 사라지니까요.

정미 씨는 앞으로 많이 아프고, 제 잘못 아닌 일에 미안해지고, 또 우는 일이 많아져요.

근데 아파도 아프지 못하고 슬퍼도 슬프지 못할 거에요. 제가 있기 때문에요.

물론 저 때문에 행복하기도 하겠죠. 아주 아주 힘들고, 너무너무 힘든데 분명 행복해요.

근데 정미 씨. 저는요. 정미 씨가 안 아프고 안

울고 안 힘들고 그냥 행복했으면 좋겠어요.

　정미 씨가 행복한 이유가 제가 아닌 정미 씨.
자신에게 있었으면 좋겠어요.

　저 때문에 살지 말고, 저를 위해 살지 말고 정미 씨
자신을 위해서 살았으면 좋겠어요.

　어렸을 때 꿈꾸던 미래를 꼭 살아봤으면 좋겠어요.

　미래에 있는 저는 정미 씨를 많이 사랑해요. 너무
사랑해서.

　사실 정미씨를 위해 우리가 안 만났으면 좋겠어요.

　제가 없었으면 좋겠어요.

　27살이 된 정미씨의 딸이.

사랑하는 우리 엄마에게.

엄마. 어떡해, 나 또 눈물 날라 그런다. 내일 면접이잖아, 이미 엄마 때문에 한 번 엉엉 울었는데 '엄마'라고 쓰는 순간 또 눈물이 나네.

나는 왜 이렇게 아등바등 사는 걸까. 왜 사랑이 보장된 화목한 가족 안에서도, 이 미친 사회에서도 나는 왜 이렇게 아등바등하는 지 모르겠어.

내 꿈은 그냥 있는 듯 없는 듯 살다가 굴러오는 돌에 치여 죽고 싶은 그 정도인데. 엄마가 들으면 기겁할만한 소리야. 그렇지?

엄마가 내심 내가 그 직장을 그만두고 한 달 만에 다시 취업했을 때, 사무실 파티션 사이에 앉아 일하는 직장을 가졌을 때 안심했다는 것도 알고 있어.

그런 건 익숙하니까. 그런데 엄마가 가여운 우리 딸, 이라고 할 때마다 나는 그냥 숨어서 울게 돼.

어떤 사람들은 내가 멋있대. 또 어떤 사람들은 부럽대. 근데 난 왜 엄마한텐 가여운 딸이야?

꽤 오래 잊고 있던 기억들이 새록새록 기억나.
내가 3년 동안 고민해서 교환학생을 갔다 온 것도,
결국 이 직장을 4달 동안이나 다니게 된 것도, 철없이
앉아 있는 언니랑 동생 사이에서도 바쁘게 움직이는
것도 다 나는 '가여운' 딸이 되기 싫어서였거든.
나는 '그럭저럭 잘 사는' 딸이 되고 싶은데. 결국,
교환학생을 그렇게 혼자 잘 다녀와서, 이 직장을
울면서 벗어나고 싶다고 해서, 언니랑 동생 사이를
연대가 아닌 속박으로 생각하고 있어서 또 '가여운'
딸이 된 것 같아. 너무 독립적인 것도, 그렇게 쉽게
떠나려고 하는 것도, 엄마한테 잘 보이고 싶은 것도
다 그냥 가여워 보이나 봐. 엄마가 날 너무 사랑하는
것도, 내가 잘살고 있다는 것도 다 알고 있는 거,
알아. 근데 내 삶은 언젠가부터 엄마와 아빠한테
증명하기 위해 사는 삶 같기도 해. 나 진짜 잘살고
있지? 하고 말이야. 세상에 믿을 사람 하나 없다지만,
엄마는 내가 무슨 일을 해도 그냥 응원해주면 안 돼?
　친구가 언젠가 나 보고 그렇게까지 살 필요 없는데
아등바등 살아가는 사람 중 하나인 것 같대. 그러게.
나는 왜 이렇게 아등바등하지. 나도 멋있게 사는
사람이 되고 싶은데. 그게 항상 어렵네.

　이 말을 엄마한테 이렇게 전하는 게 맞는지

모르겠지만 나는 가끔 진짜 우리 가족이 다 미워.
이렇게 사는 나도 싫어. 카톡에 '엄마 미워.'라고 썼던
걸 지워. 맘 여린 우리 엄마는 이 카톡을 보고 일주일
동안 잠 못 이룰 거 달 알고 있거든. 그래서 언젠가
울면서 쓴 이 편지가 엄마에게 갈진 모르겠지만 사실,
엄마가 봤으면 좋겠어.

아빠에게

아빠. 그 날 이후로는 그 어떤 날에도 아빠에게
편지를 쓴적은 없었던 것 같아요. 20년이 지나서야
이렇게 늦은 답장을 합니다.

아직도 선명해요.그 날 새벽, 차가운 노크 소리.
그리고 시리게 차가운 낯선 사람들과 떠난 아빠의
뒷모습.

어른들이 그랬었요. 아빠가 우리를 위해
한 선택이라고. IMF의 흔적은 지독히도 우리
가족을 괴롭히고 있었고, 아빤, 단호하게 정리
하고싶어했다고. 그랬어요. 하지만 17살이었던 나와
겨우 7살이었던 동생은 그게 무슨 말인지 몰랐어요.
그냥 어떨떨한 두려움만 있던 우리에게 작은 방 한칸
뿐인 세상이 갑자기 시작 되었어요.

아빠에게 매일 편지를 쓰라고 했어요. 아빠가 너무
걱정 할테니. 그렇게 하라고 이모가 그랬어요. 그래서
편지지랑 우표도 많이 샀었어요. 저녁 사 먹을 돈을

아껴서 살았었어요. 글자를 겨우 배운 동생과는 연필을
같이 잡고 어렵게 어렵게 한 글자 한 글자 썼어요.
그 7살 짜리는 다행히 말을 잘 들어서,아픔도 고통도
모른채 곧잘 따라 써내려갔어요. 아픈걸 아픔인지
몰라야 했던 우리는 그렇게 밤마다 편지를 썼어요
그러던 어느날 도착한 아빠의 편지를 받고, 저는
답장을 쓰고도 보내지 못했어요.

   '우리 딸들 너무 보고싶다 ,아빠가 너무 미안하다'

   그 문장은 이미 눈물 범벅이 되어 우리에게
왔어요. 사실 그때의 저는 그 많은 편지를 쓰면서
함부로 보고 싶다는 말을 쓰지 못했어요. 그 말의
쓰임이 아빠를 아프게 하고 힘들게 할지 잘 알고
있어서.그 흔한 말을 못하고 있었어요.그 전의 아빠
편지에도 쉽게 등장하지 않았던, 서로가 그저 아끼고
아끼던 말이었어요.

   저는 아빠에게 어떤 말도 쓸 수가 없었어요.7살
짜리 동생을 책임져야 하는 언니였지만, 저도
너무 울고 싶은 그저 17살인 어린 아이였거든요.
그런데 울면 안되니깐, 더 많은걸 그냥 참을 수밖에
없었어요. 그 참는 다는 것은 답장조차 할 수 없게
만들어 버렸었어요.

   편지는 거기서 멈춘 채로 ,어색하게 시간은
흘렀지만, 다행히 우린 지금에 잘 도착했어요..

여전히 가난은 계속 되었지만 그래도 아빠가 곁에
있어주어서, 마저 자랄수 있었어요. 그치만 많은
시간을 사이에서도 저는 답장을 잊지 않고 있었어요.
나는 언젠가 써야 한다고 생각했어요.그래서
이제서야. 아빠가 무척이나 기다렸을 그 답장을.
20년이 지나서야 보내봅니다. 이제 우리는 울지
않고, 서로에게 미안해 하지 않고 이 편지를 읽을 수
있을테니깐요.

　　<아빠, 언제나 보고 싶어요. 밥을 먹어도,학교에서
수업을 받을때에도, 동생의 머리를 묶어 줄때에도,
빨래를 널다가도, 친구랑 장난을 치다가도 .나는
아빠가 보고 싶어요. 수연이랑 매일 밤 그 말을
나눠 먹으며 잠들어요. 근데 너무 보고 싶어 하면
누군가에게 혼날 것 같아서 , 차마 말 못하고 있지만.
아빠 너무 보고싶고 너무 그리워요. 그런데 아빠
걱정 마세요. 우리는 잘 있어요. 수연이가 아직
잘때마다 아빠의 점퍼를 덮어야 잠이 들지만, 나도
아직은 밤바람에 덜컹이는 대문이 괜히 무섭긴
하지만, 아무도 우리를 걱정해 주진 않지만, 그래도
저희는 잘 있어요. 왜냐면 그래야 우리가 다시 만날
수 있으니깐. 건강하게 잘 지냄을 미루지 않고
부지런히 잘 견디고 있어요. 그러니깐 아빠도 무조건

건강하세요. 그리고 우리에게 안 미안해 하셔도 되요.
아빠 마음이 덜 슬펐으면 좋겠어요. 수연이는 까 먹지
않으려고 매일 아빠 이름을 열심히 쓰고 있어요.
우리는 우리를 잊지 않으려고 열심히 열심히 버티고
있어요. 그러니. 아빠도 잘 버텨 주세요.

<1999. 08 아빠의 큰 딸 올림>

007

Dear Mom.

엄마도 이젠 마흔을 넘겼을 테니 얼굴에 주름이
더 늘었겠지? 못해도 내가 기억하는 8년 전 엄마의
모습은 아니겠지. 문득 길을 지나가다, 마트
식품코너에서 일하는 엄마 나이 쯤 되어 보이는
여사님들을 보며 그런 생각을 했어. 엄마는 이
여사님들 중 누구와 비슷할까? 엄마는 어떤 느낌으로
변해있을까? 강산이 변한다는 10년의 세월까지는
아니지만 난 여전히 마음 한 구석에 부치지 못한,
부치지 못할 편지를 수없이 써가고 있어.

엄마가 새로운 가족을 찾아 나를 떠났다고
생각했지만, 지금 생각해보니 나도 엄마를
하루아침에 매몰차게 버렸던 것 같아. 매일 엄마를
기다리며 어디에 사는지도 모르는 엄마의 집
같아 보이는 근처를 맴돌던 짓을 하루아침에 딱
그만뒀으니 말이야. 나는 여전히 엄마가 어디쯤에
사는지, 내가 사는 이곳과 얼마나 먼 동네인지는

몰라. 그러니 애초에 나 같은 딸은 숨겼으니 언제 나타날까 두려워하지 말았으면 해. 내가 할 수 있는 건 고작 몇 달에 한번 혹은 며칠에 한번 동사무소에 들러 가족관계 증명서를 떼서 엄마의 생사를 확인하는 정도니까.

엄마는 아마 살아가는 동안 나를 버렸다는 죄책감에 지독하게 시달리며 힘들어 할 것 같다는 생각이 들어. 내가 엄마를 원망하는 마음의 크기가 엄마의 죄책감의 정도와 비례한다면 이제 그만 내려놓아도 좋아. 나는 이제 엄마가 보고 싶고, 만지고 싶고, 품에 안겨서 울고 싶다는 생각을 안 해. 그렇다고 미워하지도 않아. 그러니 엄마는 엄마대로 마음에 짐을 내려놓고 행복하게 잘살아. 이젠 그거하나면 될 것 같아.

내가 엄마 얼굴을 다시 만질 수 있는 날은 엄마의 부고가 들려올 그쯤 어딜 것 같다는 생각에 미리 마음의 준비를 하고 있어. 아직 시간이 더 필요할 것 같으니까 오래 오래 있다가 음... 적어도 한 40년 뒤에 이편지에 대한 답변을 해주길 바래. 잘살아 엄마.

008

엄마

엄마 잘 했다는 칭찬이 듣고 싶을 수 있지. 그냥 예쁘다 라는 말로 사랑받는 느낌을 원할 수도 있고, 자랑스럽다고 기특하다는 격려가 필요할 수도 있잖아. 나한테는 이런 것들이 엄마에게 바라는 건데 나한테 엄마는 엄마 하나니까. 엄마가 내 엄마니까. 나한테 관심 가져주기를 한 번 들여다봐주기를 원하는 마음에 투 정 부리면 남보다도 못하게 매정하게 굴 필요는 없잖아. 같이 살아야 가족이고 밖에 나가 큰 게 대부분인 것도 맞지만, 그렇게 나를 소외시킬 필요는 없잖아. 굳이 그렇게 말하지 않아도 다 아는데.

엄마 우리는 가족이니까, 나한테 가족은 엄마가 있어야 하니. 그냥 다 괜찮은 거 하면 안 될까? 나는 엄마가 참 원망스러운데 그래도 엄마가 참 필요해. 사실은 엄마도 내가 참 원망스럽지만 내가 꼭 필요한 거지? 나는 오늘도 엄마가 미워 일기장 한 켠이 전부 원망이었어. 원망하면 원망만 하면 되는데 한 편으로 엄마를 이해하는 밤이 참 서러워지더라. 세상에는 특별한 형태의 조금 다른 모녀도 있어 그렇지? 마치 우리처럼 말이야. 아프지 않았으면 좋겠어. 몸이 아플수록 마음은 더 아파지는 게 엄마니까 씩씩하고 강인한 그 모습으로 나랑 더 맞서 싸워줘. 아프지 않았으면 좋겠어. 이게 내 진심이니까.

　그만 주고받자 상처 같은 거. 나 잘 지내고 있어. 문득 그곳이 떠오르기도 해.

　행복해 우리 행복하자.

　-

　사실 그리 강인하지 않은 엄마가 낳은 사실 그리 강인하지 못 한 딸로부터.

009

할머니.

할머니, 할머니, 할머니, 거기는 어때요?

할머니 이제 뻑하면 소리만 지르는 할아버지 눈치

안봐도 되니까 편해요?

충청도에서 경기도까지 멀리 시집 온 우리 엄마,

명절에 잘 오지도 않으면서 아침에 왔다가 밤에

가버리는 매정한 엄마때문에 서운할 일도 없고.

거기는 할머니가 좋아하던 냇가처럼 조용하고

잔잔하게 잘 흐르기만 해요?

할머니랑 냇가에서 올갱이 잡을 때가 좋았는데.

내 인생에 그런 순간도 있었지 참.

할머니는 내가 봤을 때부터 할머니였으니까,

태어났을 때부터 할머니였던 것처럼 있었으니까

할머니는 맨날 맨날 그 자리에 있을 줄 알았지.

쿳쿳한 메주 냄새가 나던 작은 방 옆에,

허구헌 날 고추 말리던 창고 옆에,

냉장고에 항상 음식이 가득 차있던 그 주방에 맨날 있을 줄 알았잖아요.

왜 맨날 거기 서있었어요. 할머니 자리는 거기라, 언제든지 거기 가면 있을 줄 알았어요.

나는 할머니 사랑을 못받았다고 생각했어요.

할머니 팔짱을 끼는 게 어색했어요. 근데 나만 어색해한거 아니고 할머니도 어색해하는거 다 알고 있었어요.

생각하니까 웃겨 진짜. 손녀가 팔짱 끼는데 왜 자꾸 빼. 빼내는 팔을 한번만 더 잡아볼걸.

할머니가 지어주는 밥을 하루에도 다섯 끼니씩 1000끼니는 넘게 먹은 것 같은데

왜 한 번도 할머니한테 맛있는 거 해줄 생각은 못했을까, 참 이상해.

그 뜨거운 밥 한 공기 한 공기가 다 할머니 사랑이었는데 나는 할머니한테 사랑을 못받았다고 생각했어요.

그래서 할머니 하늘나라 갈 때에도 나는 안 울줄 알았는데 무슨 일이야.

다음 날 눈이 너무 부어서 회사 못 갈 정도로 울었어요.

우리 먹으라고 할머니가 채워둔 칠성 사이다랑

꽃게랑이랑 월드콘이랑 전부 다 유통기한이
지났더라고요.
　유통기한이 한참이나 지나버린 과자들 버리면서
할머니 사랑을 배웠어요.
　나는 지금도 슈퍼에서 과자들 보면 눈물이 나.
잊지도 못하게 뭘 또 그렇게 많이도 사다놨는지.

　할머니,
　요새 엄마한테서 자꾸 할머니가 보여요.
　할머니가 웃을 때 눈가에 주름지던 부채꼴
모양으로 엄마 얼굴에 주름이 똑같이 잡혔고
　할머니가 아파하던 왼쪽 무릎을 엄마가 똑같이
아파해요.
　내가 너무 할머니 보고싶어하니까 엄마가
할머니가 되어가나봐.
　내가 자꾸 할머니 사랑 그립다고 하니까 할머니가
우리 엄마 되서 나한테 사랑 주려나 봐.

　그런 엄마를 보다가
　내가 엄마가 되면 나한테서 할머니가 보이겠지,
생각해요.
　나는 거울을 보면서 영원히 할머니를, 엄마를
떠올리겠지.

매일 새로 지은 밥 냄새가 나던 좁은 주방 말고

할머니 좋아하던 냇물에서, 할머니 좋아하는

부추전 냄새 꽉 차게 나는 시장 골목에서

안 아픈 다리로 마음껏 거닐 때 모습으로 오래오래

내 안에서 살아요.

할머니 닮은 우리 엄마도 더 안 아프게 해줘.

사랑했어요 할머니. 너무너무 사랑하고요.

미안하다 사랑한다.

유튜버로 만나는 너의 얼굴은 참 많이 변했구나.
동네 사람 모두 이렇게 예쁜 아기는 처음 본다며
입을 모아 칭찬하던 갸름하고 날렵한 이목구비가
둥실 달덩이가 되었네. 뽀얗게 분칠 하고 붉은
립스틱을 바르고 짙은 아이라인으로 돋보이는 눈
화장 한 것을 보니 보통 솜씨가 아니구나. 누구에게
배웠을까. 누구의 영향을 받았을까. 암만 생각해도 날
닮은게 분명해. 여직 아이라인 따윈 그려본 적 없지만
섬세한 감정표현이나 예쁜거 좋아하는 품성을 보면
분명 그래. 우린 핑크에 환장했잖니.
어떤 날은 노란색으로 또 어떤 날은 보라색으로
물들인 머리카락은 밧줄처럼 뻣뻣해 져버렸고,
헐렁한 티셔츠는 사이즈를 가늠하기 어렵구나. 몇
해 전 귀여운 곰돌이 그려진 후드티를 보냈을 때
고심하며 고른 사이즈는 얼핏 보아도 작아 보였지
그래도 그걸 입고 춤을 추는 모습을 화면으로

보면서 웃었는데… 헤어지고 일 년 만에 만났을
때만해도 너는 아이다운 귀여움을 그대로 지니고
있었는데 그때가 마지막이었지. 니가 나를 향해
가장 탐나는 호칭 엄마라고 불러주던 때 말이야. 너
대학 다닐 적 두 번째의 만남이 있었지. 잠든 너의
머리맡에서 등짝을 쓸어 주며 엄마 왔다고 일어나
보라 했지만 자리를 박차고 나간 이후로 우리 만남은
더 어려워졌지. 너 뒷모습이나마 보려고 집 근처
카페에서 반나절을 기다렸지만 널 대신해 엄니만
만나 통한의 눈물만 쏟다 돌아오고 말았지.

그런 너를 다시 만난 것은 훈련소 입소하던
날이었어. 엄니와 니 아빠 그리고 너의 두 친구가
식사를 하던 자리에 느닷없이 나타난 나를 보고
넌 숟가락을 팽개치고 달려 나갔지. 식사 자리는
아수라장이 되었고 어머니는 슬픈 눈으로 나를
위로했어. 훈련소 운동장에서 빡빡 깎은 수많은
머리통이 한 방향을 향해 인사하고 우렁찬 목소리로
잘 다녀오겠다 인사할 때 나는 곁에 있을 수 없었지.
할머니와 포옹하고 친구들과 악수하고 손을 흔들며
뛰어 가는 너의 뒷모습을 절망에 가득 찬 눈으로
쫓으며 눈물만 흘렸지. 여기저기서 들여오는 애달픈
소리에 기대 겨우 너의 이름을 불러볼 뿐이었어.

시시각각 무너져 내렸지만 단단히 설 수밖에
없었단다. 너는 입대 후 당신만 살겠다고 자식을 버린
엄마를 절대 용서하지 않겠다고 붉은 펜으로 답장을
해왔고 편지는 나의 심장을 갈가리 찢어 놓았지.
차라리 죽고 싶었다. 공동묘지 옆으로 이사해 혼자
살림을 살면서 그래도 사람인지라 밥을 지어 먹고
지붕아래 잠자리를 보면서 자살한 엄마라는 마지막
죄악은 짓지 않지 않으려 이 악물고 살면서도 붉은
글자의 편지를 받으니 죽고 싶더라. 살고 싶었는데
죽고 싶더라.

　　군대가 무섭긴 무서운 곳인가 보더라. 너의 부모
된 자격으로 니 아빠와 면회를 가니 너는 잠자코
앉았더라. 손을 끌어당겨 만져보아도 옷매무새를
만져주어도 어쩌지 못하고 가만 앉아있더라. 너를
가까이서 보기 위해 부대 앞 치킨 집에서 닭이라도
튀겨 팔고 싶었지. 그랬는데 너는 나 보다 더 많이
아파했고 나보다 더 병들었더라. 조기 전역한 너는
공부를 접고 화장하는 남자가 되었지. 화장하는
법을 알려주고 일상을 공유하며 사진을 찍고 컴퓨터
작업을 하는 유튜버가 되었어. 인기의 척도가 어느
만큼인지 가늠키 어렵지만 너는 화면 속에서 스타가
되었다. 이제는 버튼만 누르면 너를 볼 수 있어.

어쩌면 신은 이런 식으로만 너를 볼 수 있게 장치를
마련 해둔 것이 아닐까 싶다. 여기서 만족하고
살라고 화면 속 너를 허락해 준 것이 아닌가 싶어.
만지고 싶고 이야기 하고 싶고 맛있는 것들을 만들어
먹이고 잠자리를 봐주고 싶지만 욕심인가. 특별할 것
없는 일상이 욕심인가 묻고 싶구나. 너와 함께 살던
지방에는 이제야 발걸음을 조금씩 하기 시작했단다.
우리 함께 걷던 골목길과 학교 앞 문구점은
여전하더라. 변한 듯 변하지 않은 그곳에서 나는 이제
이방인이 되어 멈칫 거리지.

　　우리가 헤어진 사월이 되면 나는 여직 아프다.
눈물만큼 벚꽃이 흩날리면 나는 꽃잎처럼 떨린다.

　　너도 그렇니? 분분한 꽃잎이 아프듯 너도 아프니?
우리는 언제까지 서로를 잊기 위해 고통스럽게
기억의 해마를 조정하며 살아야 하는 걸까. 뒤 돌아
달려오는 이가 사랑하는 사람임을 깨닫는 일은
절대로 이루어질 수 없는 일인거니? 보고 싶고 또
보고 싶고 사랑하고 더 사랑하는 내 아가 우리 욱아.
그만 이 엄마를 용서해 주지 않겠니? 미안하다
사랑한다.

011

아빠

사실 이미 많이 써보고, 말해보고, 보내봤어. 나 혼자.

상대에 대한 마음을 충분히 다스리는 건 할 수 있었어. 그런데 변하지 않는 상대를 초연하게 마주하는 건 도저히 안 됐어. 상대와 깔끔하게 풀거나, 계속해서 혼자 써내리거나. 선택해야 돼.

아빠,

나는 내가 너무 행복한 사람이라는 걸 잘 알고 있어. 많은 부분이 아빠 덕분이야. 아빠한테 많은 사랑을 받았고, 아빠를 보면서 배운 것도 많아. 그런데도 너무 이기적인 나는 아빠가 내 유일한 불행 같아.

아빠와 대화를 하지 않게 된 건, 시작이 정확히 기억나지는 않아.

나는 그냥. 아빠한테 상처받는 게 싫었어. 더 이상 속는 기분도 싫었고, 내가 감당하지 못할 말들이 내 앞에 풀어져있는 상황도 싫었어.

'남'한테 선하게 대할 때 드는 자괴감도, 감사함을 모르는 인간이라는 질타도, 후회할 지 모른다는 불안감도 내 상처보다 무거워 보이는 건 없었어.

나는, 다른 사람도 아닌 아빠가 나한테 상처를 주는 게 싫었던 거야.

나는 여태의 자조와 의심을 끝내고 싶긴 한 건지, 아빠의 대답이 궁금하긴 한 건지 모르겠어.

이 편지를 보내지 않으면 아빠랑은 어떤 시작도 끝도 없다는 것만 확실하겠지.

분명 다시 올, 편지의 결말을 선택해야 하는 날 기분 좋게 다시 보낼게.

아빠가 날 사랑해주는 만큼 아빠를 사랑하지 못해서 미안해.

012

복코

효숙아, 내 친구들은 효숙이 사진을 보면서 "전쟁이
나도 네 엄마는 내가 찾아줄게" 하며 효숙이를 알게
되곤 해. 그리고 효숙이에게 빠져들지.

삼차를 닮아서 콩쥐는 쌍커풀이 있고 피부가 얇지만
나는 효숙이 붕어빵이라 쌍커풀이 없는 매끈한 눈에
피부도 쫀쫀해서 다들 내 나이를 들으면 앉았다가도
일어날만큼 놀라곤 해 (효숙이도 나도 기분 좋자고
조금 부풀려봤어)

콩쥐는 까맣고 큰 쌍커풀 눈, 나는 희고 긴 홑꺼풀
눈을 가졌지만 삼차의 뾰족하고 높은 코가 아닌 둘다
효숙이의 복코를 딱 닮았어. 복코 라는 말이 진짜
있나해서 검색해봤더니 <복코 : 복을 가져다주는
코라는 뜻으로, 끝이 둥글고 뭉뚝한 코. 또는 그런
코를 가진 사람> 이라는 사전적 의미를 가지고 있대.

효숙이가 그냥 하는 말이 아니었던거야.

    내가 어렸을 적 효숙이를 놀리려고 효숙이를 닮아서
뚱뚱하고 못생겼어. 라고 하는 말이 효숙이에게도
상처가 됐었을까? 돌아보면 나는 더 먹어라는 소리는
들었어도 그만 먹으라는 소리는 들어본 적이 없는데
말이야. 심지어 초등학교 내내 계주를 뛰고 중고등학교
체육대회에서 농구선수, 배구선수였으니까.

    실제로 난 내 눈이, 내 코가 이상하거나 못생겼다고
불만이 있던 적이 한번도 없었어. 근데 효숙이가
자꾸 쌍커풀 수술하래서 싫다고 몇 번이나 말했는지
기억이나 할런지. 근데 그 와중에 코 수술은 왜 입에도
안 꺼낼까 싶었는데 아마 그건 코에 손대면 복이
달아날까봐 그런걸거야. 효숙이는 귀여우니까

    효숙이의 복코 덕분에 나도 효숙이처럼 이것저것
나누며 내게 있는 복을 나누어 주며 살고 있는 것 같아.
이제 사람들이 다 우리 코만 보게될까봐 좀 걱정이
되지만 그 사람들이 우리 코를 보며 "복이 생기는
코라니 너무 부럽다." 하게 아프지말고 복스럽게 살자
효숙아.
    나는 효숙이랑 붕어빵인게 너무 좋아.

013

나의 영원한 딸에게

아가야 너는 참 대단한 힘을 가졌다. 아가야, 세 글자를 적은 것만으로도 나는 벌써 눈이 빨개진다. 이 편지는 너를 단 한 조각도 잊지 않기 위한 나의 몸부림이고 그럼에도 희미해져 가는 것에 대한 미안함이고 매일 밤낮없이 불쑥 찾아오는 그리움의 기록이다. 너의 투병을 가장 가까운 곳에서 지켜 보았으나 너에게 한 번도 털어놓은 적 없던 나의 이야기다. 너의 현 주소를 알 수 없어 부치지 못하고 이렇게 보낸다.

신사역 1번 출구 앞이었다. 왜 충격적인 얘기를 들으면 그 장면이 새겨지는 거 있잖니, 아직도 그 순간의 시야, 온도, 공기의 냄새, 차도 소음, 그게 생생하다. 나는 가로수길에 있는 약국에서 약을 타오는 길이었다. 여느 연말처럼 친구들과 홈파티를 하려면 옷가지를 가지러 집에 들러야겠다고

생각했다. 지하철 출입구로 내려가려는 찰나
동생한테서 전화가 왔다. 빨리 병원으로 오라고.
네가, 네가 경련을 했다고. 쿵 소리를 내며 거품을
물고 쓰러져 부들부들 떠는 것을 아빠가 안고
뛰었다고. 이게 무슨 소리인가? 눈물도 나지 않았다.
눈물은, 네가 언제 죽어도 이상하지 않은 상태라는
선고를 받고서 터졌다. 나에게 지옥은 그 때부터
시작되었다.

척수공동증. 뇌와 척추에 물이차서 척수가 텅
비게 되는 무서운 병이라고 했다. 반려동물용
MRI가 있다는 것도 그 때 처음 알았다. 우리가 너의
병을 짐작이나 했겠니. 한창 건강할 성견의 나이에
예전보다 예민하고 방어적으로 변한 네가 아파서
그랬을 거라고는 생각을 못했다. 그저 오냐오냐
공주님처럼 키운 우리 막내가 성질 부리는구나
그래도 예뻐라, 그러고 말았지. 차마 그런 무서운
생각은 해본 적도 없다.

급하게 추억을 쌓았다. 몸이 약한 네가 십오 년
이십 년 까지는 아니더라도 십 년은 우리와 함께 해줄
거라고 생각했기 때문에 나는 안일했다. 취업 준비와
취직한 회사에서 신입으로 견디는 일련의 기간동안

너보다 나를 먼저 생각하며 살았음을 고백한다.
일주일일지, 한 달일지, 운이 좋아 일년일지 얼마나
남았는지 모르는 기간을 앞에 두고 가는 시간이 너무
아까워 고롱고롱 잠든 너의 숨소리를 녹음했다.

　퇴사를 결심했다. 힘들게 들어간 대기업을 2년
정도 다니며 이제 막 일이 손에 익을 무렵이었다.
나는 어딜 가나 잘 할 거니까-라는 택도 없는 객기와
조금 더 꿈과 가까운 커리어를 쌓고 싶다는 욕심으로
무장했지만 사실은 너와 한 시간이라도 더 함께하고
싶었다. 내 꿈의 길도 아닌 주제에 세상 가장 소중한
너와의 마지막 시간을 내어줄 수 없었다. 인수인계를
하는 한 달 동안도 매일같이 너와 잠들고 새벽에
발작을 하면 3시고 5시고 6시고 24시 응급실 문을
두드렸다. 잠시 눈을 붙이고 출근을 하고 남은 연차를
소진시켜서 일주일에 세 번씩 용하다는 양의원,
한의원을 들락거렸다.

　내 품 안의 네가 자꾸만 가벼워지는 시간들이었다.
어느 순간부터 일부러 너의 체중을 재지 않았다. 여러
번의 작은 경련과 한 두번의 큰 경련을 겪으면서
하반신이 마비된 네가, 마치 사람처럼 소리치며 악을
썼을 때. 병원에 데려가는 택시에서 하지 않던 배변

실수를 하고 말아 기사님께 연신 죄송하다는 말을
하며 세탁비를 건네야 했을 때. 막히는 퇴근 시간
병원에서 조금이라도 일찍 집에 너를 데려가려고 탄
지하철에서 네가 발작을 하고 말았을 때. 너의 안구를
압박하며 "괜찮아, 괜찮아, 정말 괜찮아" 라는 말만
할 수밖에 없었을 때. 정신이 온전치 못한 네가 변을
먹은 것을 처음 발견했을 때.

"우리 우동이가 똥을 먹는다 성지야" 엄마와 나는
함께 울었다. 그 모든 순간마다 너의 일부는 점점
하늘로 올라갔나 보다. 2.2kg이었던 작은 체구는
1.5kg 가 되지 않은 몸만 지상에 남겨두고 떠났다.
그렇게 예쁘고 착하더라니, 정말 너는 천사였나 보다.
자꾸 우리가 아기천사라고 불러서 채 오래 살기도
전에 너무 빨리 들켜버렸나 싶다. 하지만 맹세코 네가
하늘로 돌아가는 길이 그렇게 힘들 걸 알았더라면
너를 만나게 해달라고 신께 조르지 않았을 거다.
그렇지만 아주 만약에 네가 이미 태어나버린 그
순간으로 전지전능한 누군가 시간을 되돌려준다면,
나는 기꺼이 다시 너를 만날 것이다. 너를 만나 3년의
천국과 6개월의 불 지옥, 죽을 때까지 그리움으로
가득 찬 삶을 살겠느냐고 세 번을 물어도 나는
그리하겠다고 열 번도 넘게 대답할 것이다.

너의 상태를 가늠할 수 없다는 병원 대신, 어디 사는지도 모르는 신을 찾으러 참 많이도 돌아다녔다. 발길을 잠시 끊었던 교회부터, 생애 첫 신점까지 들어줄 법한 곳은 어디든 찾아다녔다. 무슨 개의 명운을 보냐고 웃었던 사람도 있었고 함께 울어준 이도 있었다. 혹자는 나와 너의 사주를 번갈아 보며 네가 내 자식 사주라고 했다. 너는 떠나겠지만, 자식인 네가 떠나며 또다른 자식인 글과 작품들을 남겨줄 거라고. 우습게도 네가 떠난 18년의 6월 이후 나는 정말로 몇 작품에 참여해 작사가, 작가로서의 삶을 시작했다. 그 이후로도 열심이었다. 내가 무언가를 써내면 써낼수록 그 역술인의 말이 옳았고, 네가 정말로 내 자식이었다는 증명을 해내는 것 같았다.

　　그렇게 벌써 2년이 다 되어간다. 왜 그 무렵의 휴대폰은 화질도 좋지 않고 저장 공간도 부족했는지. 더는 찍을 수 없는 너의 사진들을 보면서 눈으로 외웠다. 네가 입었던 팔뚝 만한 패딩 잠바와 포대기를 안고 잠이 든다. 술을 마신 날이면 꼭 너와 걸었던 산책로를 걷고 네가 좋아하던 자리에 가본다. 네 이름을 한참을 꺽꺽거리다가 들어와야 성이 풀렸다. 물론 대부분의 시간은 네가 알던 나처럼 보낸다.

바쁘게 몰아치면서 살고 쓰러져 잠이 든다. 그럭저럭
잘 살고 있다.

　아가야 새하얀 털을 가진 나의 아가야. 앞선
푸념은 사실 하나하나 아픈 기억을 꺼내 보는
일이었다. 이 글을 쓰고 지우고 반복하는 동안 휴지
한 통을 다 쓰게 될 걸 알면서도 시작한 것은, 부치지
않은 편지라는 핑계로 자꾸 아물려고 하는 피딱지를
떼어 내기 위해서다. 흔적없이 아무는 것을 원하지
않는다. 생살 같은 이 마음을 그대로 가져가고
싶다. 누가 옆에서 자꾸 네 이야기를 속살거려서
조금이라도 흐려지지 않게 도와주었으면 좋겠다.
네가 긴 여행에서 돌아온 나를 배웅 나오던 모습,
산책을 시작하면 로켓처럼 튀어 나아가던 모습,
비가 들이친 집안에 부랴부랴 뛰어들어온 나를
기다리고 있던 모습, 내 후드 안에 쏙 안겨서 얼굴만
내밀던 모습이라든가, 간식을 주면 행여 누가 뺏어
먹을까봐 눈치 보며 물고 가던 모습, 신이 나면
침대를 몇 바퀴고 우다다 뛰던 어린 모습과 간식 하나
얻어먹겠다고 앉아 엎드려를 반복하는 모습, 제일
좋아하는 세탁소 아저씨 앞에서 배를 긁어달라며
애교 부리는 모습. 수도 없이 스쳐가는 너의 모습들이
단 하나도 아물지 않았으면 좋겠다. 아주 깊고 커서

지워지지 않는 흉터로 내게 남아주었으면 좋겠다.

아가야 보고 있니? 너는 누가 뭐라해도 내
자식이다. 동생 말마따나 너는 옥황상제 앞에서
아양 떨면서 간식도 받아먹을 애지만 혹시라도
누가 괴롭히거든 꿈에 놀러 와서 일러라. 아무도 안
괴롭혀도 가끔 놀러 와라. 기다리고 있을게. 말 안
듣는 내 새끼, 마지막 순간까지 내가 아주 많이 해준
말이 있는데 너는 들었을 지 모르겠어서 한 번 더
남긴다. 사랑해. 아주 많이. 철없고 서툴던 그 시절의
나에게 와주어 고맙고 사랑한다. 사랑해.

봄 같지도 않은 이상한 봄에.
오늘도 너를 기다리는 엄마가.
2020. 03. 30

014

안녕하세요. 아주머니

저 OO이예요.

아주머니가 싸 주신 도시락으로, 17살을 버틴
OO이예요.

저에게 상처가 될까, 늘 학교 앞 문구점에 온기가
그대로 담긴 도시락을 몰래 맡겨 주시고, 매일 작은
쪽지도 잊지 않아 주신 그 정성으로

제가 이렇게 어른이 되었습니다.

처음에 담임 선생님이 누군가가 학교에 어려운
학생을 점심 도시락으로 돕고 싶다 했는데 그 대상이
제가 되었다고 했을 때.너무 감사하면서도두렵고
부끄럽기도 했어요. 생각과 고집, 이런것들이 막
자라던 사춘기여서, 내가 누군가에게 이렇게 과분한
걸 받아도 되나 하는 생각의 반대편엔 부끄럽다 라는
생각도 들었어요. 갑자기 이 학교에서 내가 가장
불쌍한 아이가 된 것 같았거든요.

학교앞 문구점에는 제 도시락 말고도, 다른
친구들의 엄마가 맡겨 놓은 도시락들이 많았아요. 제
도시락은 그렇게 다른 평범한 아이들과 다를 바 없이
그 곳에 있었어요. 아이들에게 들킬까봐 절대로 저랑
마주치지 않게 애쓰셨다는걸 알았을때는 부끄러웠던
마음들이 손을 들고 벌을 서고 있었어요. 그렇게 저는
보편적인 모습을 한 특별한 사랑을 받으며, 깨지지
않은 모습으로 잘 자랄수 있었어요.

문구점 주인 아주머니께, 조르고 졸랐지만, 절대
아주머니를 만날 볼 수가 없었어요.마지막 도시락이
올때가 다가오니 조바심만 났어요. 하지만 결국
끝내 만나지 못한채로. 그렇게 저는 마지막 도시락과
편지를 받았어요.. 마지막이라 미안해 라며 시작된 그
편지 안에 담겨져 있던 아주머니의 사랑이 맑은 강물
안의 조약돌처럼 새하얗게 빛나고 있었어요. 저는
그 조약돌을 잘 건져서 주머니에 넣어 두었습니다.
언제고 꺼내어 볼 수 있게, 나에게도 이런 과한
사랑이 있었다는걸 잊지 않을려고요.

늘 갓난아기를 업고 오셨다고 했어요. 그 아기가
이제는 스무살도 넘었겠네요. 너무 이쁘게 잘
자랐을 것 같아요. 좋은 양분을 받은 나무처럼 쭉쭉
건강히 자랐을것만 같아요. 꼭 그랬으면 좋겠어요.

아주머니의 모든 것엔 좋은것들만 가득하길 늘 기도
했거든요.

아주머니.

어쩌면 살아 가는 동안에 만나지 못 할지도
모르겠어요. 그래도 괜찮다는걸 조금 늦게
깨달았습니다. 꼭 드러나고,마주해야 값진 것은
아니니까요. 제게 보여주신 것들처럼요. 바른 마음이
잘 자라서 누군가에게 다시 조약돌 같은 사람이
되어 주는게, 만나서 감사하다고 말하는것보다 값진
것이라고 마지막 편지에서 제게 말씀 해주셨는데.
제가 과연 그렇게 좋은 어른이 아직은 되지 못한 것
같긴 하지만, 작은 것들로 틈틈이 그 마음에 갚아
가며, 되도록 선하게 살아가는 삶에 중심이 되어
주셨어요. 제게는 아주머니가.

아기가 아파서 밥을 하지 못했다며, 빵집에서 사온
샌드위치를 넣어 주실때에도 도시락에 옮겨서 넣어
주시고, 늘 밥이 식지 않게 헐레벌떡 뛰어 오시기도
하고 , 요리를 잘 하는 편이 아니라서 미안하다고 , 못
먹는 음식과 좋아 하는 음식을 알려 달라고 조심히
물어 봐주시기도 하고. 제게는 동화속 키다리 아저씨
보다 더 큰 어른 이었던 아주머니께
20년이 지나도 정확하게 기억하는 이 감사한

마음을 다시 전하고 싶어요.편지는 닿을 수 없겠지만.
이 마음은 오래 걸리더라도 꼭 닿을 수 있을거라
믿어요.

2020. 처음 만난 그때와 닮은 봄에

날 떠나던 뒷 모습이 자꾸만 멈칫
하신 건 날 사랑한단 얘기로 들렸죠.

- 휘성 <안녕히 계시죠> 중

015

솔더에게

안녕, 솔더. 나 기억나니? 어쩌면 이 호칭이
너한테도 꽤나 오랜만일지 모르겠다. 나도 오랜만에
너를 불러보네.

우리 서로 연락 안 한 지 꽤 됐다. 그치?

나, 최근에 다시 글을 쓰기로 마음먹었어. 그런데
네가 10년 전쯤 보내준 편지가 떠오르더라. 내가 그때
대체 어떤 내용으로 너에게 편지를 썼는지는 전혀
기억이 안 나지만, 그 글 속에 묘사되어 있는 나는,
참 다정하고 따뜻한 사람이더라. 너의 표현이 종종
내 머릿속에 떠오르곤 했어. 내가 소담스레 단어를
하나하나 담아 보낸 편지에 감동했다고 했었지, 너는.

난 스스로를 그런 사람이라고 생각해본 적이 한
번도 없어서, 너의 그 표현에 오히려 감동했던 기억이
나. 아마 그래서인지 그때 너의 그 말들이 지금까지도

내게 진한 여운을 가지고 있는가 봐.

  우리가 어쩌다가 이렇게 연락을 안 하게 된 거지?
나는 휴대폰에 저장되어 있는 번호를 잘 정리하지
않고, 또 내 전화번호도 바뀐 적이 없어. 그런데
가끔은 내 의도랑 상관없이 전화번호 정보가 다
날아가 버리더라고. 뭐, 휴대폰을 바꿀 때 종종
생길 수 있는 일이지. 그래서 나는 네 번호가
더 이상 없는데, 카카오 메신저에는 아직 정보가
남아있었나 봐. 딱히 특별할 것 없는 프로필 사진이라
슥슥 지나쳐버리곤 했는데, 어느 날 보니 너는 왠지
결혼을 한 것 같았고, 나는 청첩장을 받을 만큼의
사이가 아니라는 사실에 조금 씁쓸했어.
  하긴, 거의 10년이 되어가도록 우린 연락을
안 했으니까.

  한 5년 전쯤이었으면, 이렇게 멀어져 버린 사이를
보며 나는 꽤나 속상해했을 거 같아. 내가 가지고
있던 소중한 관계 하나가 이렇게 또 사라졌구나
싶어서 말야. 사실은 몇 번, 너에게 카톡 메시지를
보내볼까 정말 진지하게 고민해봤던 적도 있었어.
그런데 주저하게 되더라고. 우린 너무 오래 연락을
안 했고, 나는 그때와 많이 달라진 것 같고, 너도

어쩌면 그럴 거 같아서. 그래, 사실은 좀 용기가
안 났어. 막상 다시 연락이 닿아도, 과연 그때처럼,
너는 나를 다정하고 따뜻한, 인간적인 사람이라고
나를 생각하게 될까?

재미있는 거 하나 알려줄까? 네가 다니던 그
학교에서 나는 요즘 일하고 있어. 그곳에서 많은
학생들을 만나기도 하고, 누군갈 기다리기도 하고,
맛집을 찾아가고, 소금라떼가 맛있는 카페도 하나
알게 됐어. 그리고 가끔 그 학교에서 너를 만났던 게
생각나.

네가 나에게 보내줬던 두 통의 편지는 소중하게
간직하고 있어. 그 편지지 몇 장에 연필로 꾹꾹
눌러 담아 보냈던 너의 마음에 늘 고마워. 넌 내게
참 과분한 칭찬을 늘 해주곤 했었지. 가끔 그 칭찬이
그리워서 네가 보고 싶은 건가, 생각하기도 해.

네 편지 덕에, 나는 다시 글을 쓰기로 마음먹었어.
네가 내게 말해줬던 그 칭찬 말이야, 소담스럽게
예쁜 말들을 담아두었다고 했었던... 그땐 그 말을
못 믿었는데, 이제는 그 말을 믿고 싶더라. 나
최근에 엄청 작은 공모전이기는 하지만 시가 몇 편

선정되었어. 비록 필명으로 작품을 내긴 하지만, 내
글이 만약 네 손에 어떻게 들리게 된다면, 넌 나를
알아볼 수 있을까? 궁금해.

　　나 아직 전화번호 안 바뀌었어. 이메일은 아마 옛
아이디로는 잘 들어가지 않아서 확인이 어려울 거야.
혹은, 내 이름, SNS에 검색하면 바로 나올 거야,
아마도. 얼굴도 그다지 변하진 않았으니 알아볼 수
있지 않을까? 살이 조금 찐 것 같긴 해. 하하하.
　　혹시, 이 편지를 읽게 된다면, 연락해줄 수 있니?
마치 바다에 작은 조약돌 던지는 기분이지만. 혹시
몰라서 이렇게, 조금은 비겁한 방법으로 너에게 다시
편지를 써보아.

　　너를 알던 사람인, 나르샤가.

016

한 때는 뜨겁게 사랑했던,
다시 보지 못 할 당신에게

당신의 눈물을 본 그 날, 그 눈물을 닦아주지
못하고 외면했던 나의 모습을 잊지 못합니다.
당신은 내게 도움의 손길을 요청했지만 나는 내가
살기 위해서 눈물을 머금으며 그 손을 외면했습니다.

그날 이후로 나는 잠을 못잡니다. 아니 한숨도 잘
수 없었다고 할 수 있겠네요.
눈을 감으면 그날 당신의 마지막 눈물이 떠올라
편하게 머리 뉘여 잠을 잘 수가 없었습니다.

우리가 한 때 웃으며 거닐었던 우리들만의
거리에는 많은 변화가 있습니다.
우리가 함께 갔던 카페는 없어지고 옷가게가
생겼고, 함께 줄서서 나누어 먹었던 떡볶이 집은
여전히 그 자리에 서서 우리들의 추억의 맛을 팔고
있습니다.

하지만 나는 이제 그곳을 더 이상 갈 수 없습니다.

당신과 쌓아왔던 추억들보다 당신을 외면했던 그 순간들이 나를 괴롭혀

두 번 다시는 그 곳에 갈 수 없습니다.

당신을 다시 만난다면 너무나도 하고 싶은 일이 많습니다.

하지만 이번에 두 번 다시 당신을 볼 수 없음에

나의 진심을 전할 수 없음에

하루하루 뼛속깊이 후회하고 있습니다.

이렇게 만날 수 없었다는 것을 미리 알았더라면,

내가 당신에게 먼저 손을 내밀어 미안하다고 할 걸, 더 먼저 사랑한다고 표현할 걸,

수많은 말들과 표현을 아꼈던 저의 모습을 후회합니다.

만약에 당신을 딱 한번만이라도 다시 만날 수 있다면,

다시 당신이 나에게 도움의 손길을 내밀었던 그 때로 돌아갈 수 있다면,

내가 살아갈 길을 먼저 찾는 것보다

내가 사랑했던 당신의 손을 먼저 잡고, 당신의 눈물을 닦으며

당신의 절망을 사랑할 것입니다.

그때는 말하지 못했지만
지금 이렇게 후회하고 나서야 당신에게 사과의
말을 전합니다.
이 사과의 마음이 지금은 하늘에 별이 되어있는
한때는 나 때문에 눈물을 흘렸을 당신에게
조금이라도 닿기를
하루 하루 간절히 바래보며
남겨진 저는 당신의 몫까지 열심히
살아내야겠다고 다짐을 합니다.

그곳에서 당신이 아무걱정 없이 행복하기를
진심을 다해 기도하고 바래봅니다.
부디, 그곳에서는 눈물 흘렸던 지난날들을 잊고
편안하게 하늘에서 사랑하는 사람들을 지켜봐주길.
그들을 위해 기도해주기를 바래봅니다.

저도 당신이 꽃피우지 못했던 꽃을 피우기 위해
하루 하루 당신 몫까지 치열하게 살다가 가겠습니다.

우리 다시 만나는 그날까지
꼭 행복하기로 해요

안녕.

- 한때는, 어쩌면 지금까지도 당신을 뜨겁게
사랑하는 사람으로부터

017

당신은 내가 떠나온 별입니다

당신이 단 한 번도 나의 꿈에 찾아오지 않는 것은
내가 당신을 부른 적이 없어서인데, 그건 굳어버린
내 세상 어디에도 당신의 얼굴이 없어서이다.
그리하여 당신이 먼저 내게 찾아와 주저함 없이
나의 당신이라고 말하면 나는 그 얼룩진 목소리를
믿어버리면 그만이었다. 그런데 틀렸다. 무수한
허상을 걷어내고 내가 먼저 당신을 알아보아야 하는
것이다. 그럴 수 있어야 비로소 우리가 마주하는
순간에 닿을지도 모른다.

그럴 수 있을까. 다시 만난다면, 당신을 한눈에
알아볼 수 있을까. 모르겠다. 그 해 봄날 서로를 처음
만나던 때만큼이나 맑은 얼굴을 하고서 목 놓아
당신을 부르다가 잠들 수 있을까. 모르겠다. 앞으로
얼마나 더 당신에게 잔인할 수 있을까. 모르겠다.
당신이 보고 싶은 날들이 잦아지는 것만이 내가

아는 전부다. 이따금 지킬 수 없는 약속을 하는
이유는 어쩌면 반드시 지켜내고 싶은 약속이기에.
그래서라고, 누군가 말했다.

　　온통 작별로 범벅이 되어버린 찰나의 국면에
놓였던 우리에게는 그 어떤 지킬 수 없는 약속 조차도
사치였을까. 그럼에도 불구하고 어느 틈에 당신은
귀엣말 하듯 포근한 목소리로 또박 또박, 분명한
당부의 말을 나의 세상에 새겨두었는지도 모른다.
마치 약속처럼. 그게 맞다면, 부디 내가 여기에
남아서 서툴게나마 지켜내고 있는 것이기를 바란다.

　　다 마른 줄 알았던 샘이 순식간에 차올라서는
넘실거리니, 매번 고역이다. 이렇게 몇 번쯤 더
흘려보내면 당신을 만날 수 있을테니까. 나의 꿈에
먼 걸음 하지 않아도 괜찮다. 정말이지 나는 괜찮다.
이게 위안이 될지는 모르겠다.

　　- 내가 떠나온 별, 당신께.

018

칼릴에게
- 독일인의 사랑

짧든 길든 또는 어설프든 절절하든 누군가를
마음에 담게 되면 항상 그 시작을 돌아보게 돼요.
대체 언제부터? 왜? 어떤 때에는 그 시작이 분명하게
떠오르기도 하지만 언제 이렇게 스며들었는지도, 왜
이렇게 품게 되었는지도 도저히 모르겠는 경우도
있죠. 「독일인의 사랑」에서도 후자와 마찬가지인 것
같아요. '나'는 언제부터 마리아를 사랑하게 됐을까?
'천사'같은 마리아가 세상에 태어나 고통 받지 않고
그저 천국에서 평안히 지낼 수 있었으면 좋았을 거란
막연한 동정심을 가지고 있던 때부터? 마리아가
자신에게만 반지를 주지 않아 '혈관이 터지고 신경이
끊어져 나가는 듯'한 알 수 없는 서운함을 느꼈을
때부터? 아니면 '다른 모든 감정을 압도해'버린
어떤 감정이 솟아올라 마리아에게 '네 것은 모두 내
것이라'고 말해버린 순간부터? 분명한 것은 이 어린
소년시절부터 가지게 되었던, 말로 형용할 수 없던

감정이 결국 사랑이었다는 거죠.

 이 책을 읽으면서 나는 칼릴을 한순간도 떠올리지
않고 읽을 수가 없었어요. 당연한 거죠. 애초에 이 책을
알게 되고 읽게 된 모든 이유가 당신인데요. 그래서인지
「독일인의 사랑」을 읽으면서 유독 사랑의 시작에
대해 생각하게 되었어요. 칼릴이 농담반 진담반으로
매번 그런 얘기를 하잖아요. 모르겠어요, 그중에서도
난 '왜'보다는 '언제부터'를 떠올리게 되네요.
'언제부터인지'에 '왜'가 포함되어있기 때문인가 봐요.
 나는 언제부터 칼릴을 마음에 품게 되었을까?
안녕하세요, 하고 인사하는 것조차 어렵게 느껴지던
사람이 똑같이 감기에 걸려 둘 다 약기운으로 경기를
뛴다고 처음 농담을 던지던 그때부터? 서브 때 공이
맞아야하는 위치를 설명해준다고 내 손목을 덥석 잡고,
오버핸드를 가르쳐준다고 내 뒤에 서서 손을 잡았을
때부터? 조심스럽게 그동안 마음이 많이 힘들었겠다며
그 나긋한 목소리로 위로를 건네던 때부터? 아니면
서브 성공의 기쁨이 채 가시기도 전에 내게 굳이
다가와서 곱셈을 겨우 성공한 학생한테 인수분해를
못 풀었다고 지적하는 것 마냥 굴던 사람의 말을 끊고
내 어깨를 감싸주던 그 때부터? 그것도 아니면 윗옷을
걷어 올려 땀을 닦느라 드러난 당신의 맨살을 보게 됐을

때부터~? 돌아보면 많은 순간들이 떠올라요. 그러나 알 수는 없어요.

그렇지만 분명한 것은 언젠가부터, 내가 서브를 성공하면 나보다 더 환히 웃고 기뻐하던 그 모습이 점점 더 가까운 마음으로 다가왔다는 것이고 그렇게 말로 형용할 수 없이 막연하게 뒤섞여있던 나의 여러 감정들을 지금 가만히 펼쳐보니 결국 사랑이라는 것이죠.

사랑이라는 단어에 또 기겁하는 건 아닌가 모르겠어요. (그러고 보니 그런 면에선 마리아가 꼭 칼릴 같더라고요.)

칼릴이 연애라는 단어 대신 교류라고 표현하고자 하는 그 마음은 너무 잘 알아요. 기억할지는 모르겠지만 지금까지 했던 모든 대화중에 가장 흥분하고 약간은 화가 난 듯이 얘기했던 그 말이 가장 큰 이유 중 하나가 아닐까 싶기도 하고. 하지만 내가 표현하는 사랑이 그런 단편적인 면만 가지고 있는 것은 아니란 걸 알아줬으면 해요. (물론 당연히 알고 있다고 생각하긴 해요.)

내가 가지고 있는 사랑은 마치 지질학 시간에 암석의 결정형을 분석하느라 주말 내내 끙끙대며 손에서 이리저리 굴리던 표본 결정형 다면체 같아요. (왜 이게 떠올랐는지 모르겠지만...그냥 이거 말고는 떠오르질 않네요. 어쩔 수 없는 이과생인가 봐요.) 아무 말 없이

당신의 맨살을 하루 종일 만지고 입술을 맞닿고 싶은
면도 있지만 우리가 나눌 수 있는 모든 소재의 이야기를
밤새 나누고 싶은 면도 있어요.

내가 당신에게 아기처럼 안겨서 쓰담쓰담 받고
싶은 면도 있지만 내가 당신을 어미처럼 내 품에 안고
쓰담쓰담 해주고 싶은 면도 있답니다. (선배 교사로서는
내 공개수업에 꼭 와주었으면 했지만 내 칼릴으로서
생각하면 절대 안 왔으면 하는 마음이 공존했던
것처럼...)

친구처럼 하루의 소소한 일들을 조잘대고 싶고
큰오빠처럼 내 마음 모두를 의지할 수 있고 좋은
선배로서 한없이 감사하며 내가 사랑하는 남자로서
마냥 만지작거리고 싶은 사람. 단지 내가 지금 바라는
것은 당신이 가지고 있는 다면체의 여러 모습 또한 나와
같았으면 좋겠다는 거에요. 내가 자꾸 칼릴에게, 벽을
치고 밀어내지 말라고 하는 것도 그런 바람 때문에
불안함이 자꾸 느껴져서인가 봐요. 암석의 결정형을
분석할 때도 같은 표본을 가지고도 결정축을 어떻게
잡느냐에 따라 분석을 제대로 할 수도 있고 엉뚱하게 할
수도 있거든요.

우리가 지금 결정축을 다르게 잡고 있는 것은 아닌가
싶어서 불쑥불쑥 불안하고 울컥하고 눈물이 나는 것

같아요. 이 결정축을 언젠간 조금 조정해야 한다는 건
너무 잘 알고 있지만 아직은 그러고 싶지 않은데 이
사람은 벌써 자꾸 움직이려 드는 건가, 아니면 애초에
축을 다르게 잡고 있는 것은 아닌 걸까 그런 생각이
자꾸 들어요.

　제가 좋아하는 노래 가사 중 이런 구절이 있어요.
'너의 기억은 어떨까
너의 눈에 비친 내 모습도 소중했을까'

　칼릴 눈에 비쳤던 내 모습은, 또 지금 비치는 내
모습은 어떨까. 땀내 나는 체육관도, 시끌시끌한
급식실도, 바쁘게 흘러가는 복도도...
　풀내음 가득하던 남산 공원길과 번잡한 신촌의
번화가도… 모두 맑게 번져도 칼릴에게 내 모습은
언제나 명징하게 남아있으면 좋겠어요. 언제나
밝게. 예쁘게. 귀엽게. 따뜻하게. 격하게 그러면서도
은은하게.

　책에 대한 감상문을 쓰려고 했는데 왜 이게 칼릴한테
쓰는 편지가 되어버렸는지 모르겠네요. 저번에 잠깐
말한 것처럼, '나'가 마리아에 대한 사랑을 풀어내는
구절들이 마치 내 마음을 온갖 고전적 미사여구를

덧붙여 설명해주는 것 마냥 와 닿아서 심장이 이만큼
부풀어 올라 그런가 봐요. 뭐 어때, 그죠? 사랑에
대한 책을 읽었으니 사랑에 대해 얘기해야지. 졸린
눈을 부여잡고 쓰다가도 몇 번을 울다가 그치길
반복하며 쓰느라 앞뒤도 안 맞는 것 같고....의식의
흐름대로 쓰느라 정말 창피한 글이 된 것 같아요.
그렇지만 칼릴이 읽길 원했던 어떤 것이 이 감상문에
포함되어있길 바라면서 이만 줄이렵니다.

　　　　　나의 친구, 나의 사랑, 나의 구원자.
네 것은 모두 내 것이야. 너의 메리 헤스켈로부터.

019

새벽 01:12, 라디오를 들으며

합정역 근처 김이 모락모락 나는 작은 술집이었죠.
우린 어묵탕 하나를 시켜 잘 먹지 않는 어묵을
몇 개 집어 들고, 국물이 줄어들면 물을 붓고, 또
부었어요. 내가 이야기할 때 선배는 조개 몇 개를
발라 내 접시에 놓아줬어요. 선배와 나눈 대화는
늦여름 저녁 어스름 같았어요. 버거운 화창함 대신
차분한 외로움이 깃든 어스름. 기억할지 모르겠지만
술에 취한 선배는 내게 아버지 이야기를 했어요.
선배의 가장 친한 친구 말고는 이 얘기를 아는 사람이
없다고 하면서요. 술김에 말한 비밀이었을까요.
술기운에 해버린 실수였을까요. 그날 선배가 꺼냈던
말을 기억하는지 영영 묻지 않기로 했어요. 사실
선배가 기억하지 못했으면 좋겠어요. 우리 사이가
괜히 특별해지는 기분이 들었거든요. 남몰래
간직할 비밀이 생겼으니까요. 저는 선배의 이름
뜻이 무어냐고 묻곤, 난 아이를 키우게 된다면 봄과

가을이라는 이름으로 짓고 싶다고 했어요. 사라지고 있는 아름다운 것들을 이름이라는 영원한 것에 담고 싶다고. 누구나 세상에 잠시 머물다 결국 소멸하고 말아버리겠지만 그럼에도 소중하고 빛나는 존재일 테니까. 선배는 이마에 내려온 머리카락을 쓸어 올리며 반쯤 풀린 눈으로 좋네, 라고 말했어요.

　　미국 생활은 안녕한가요. 제 중학교 친구도 지금 미국에 있는데요. 예전엔 참 친했는데 이젠 안부를 쉬이 묻지 못하는 사람이에요. 누구의 잘못 없이도 사람 사이는 이토록 멀어질 수도 있더군요. 종종 다른 친구를 통해 그 아이의 소식을 듣곤 해요. 배치기의 편지라는 노래를 들으면 그 친구가 떠올라요. 왜 선배도 싸이월드 했죠. 그 친구의 미니홈피 배경 음악이었거든요. 항상 엄지와 검지로 머리카락 끝을 꼬는 습관도 있었어요. 그 친구의 머리를 다정하게 잘라줬던 적도 있는데. 친구는 깜비라는 반려견을 키웠었는데요. 깜비가 무지개 다리를 건넜을 때, 난 어떤 위로를 건네야 할지 몰라 학원 갈 시간이 다 되었는데도 휴대폰을 붙잡고 고민했던 적도 있어요. 지금도 가장 좋아하는 과일이 복숭아인지, 아직도 집에 홀로 있는 적막이 싫어 노래를 크게 틀어 놓는지, 여전히 자주 체하는지 묻고 싶어도 물을 수

없는 사이가 됐어요. 매일같이 붙어 다니던 친구를
기억할 수 있는 게 몇 장면뿐이라 조금 슬퍼요.

　왜 갑자기 알지도 못하는 친구에 대해
늘어놓냐고요? 오늘 그 친구와 자주 걸었던 골목길을
지나왔고, 그래서 무척 그리웠고, 문득 선배가
떠올랐거든요. 그뿐이에요. 무엇이 그리웠는지도
정확히 모르는 내가 조금 우습지만 선배에게 전하고
싶었어요. 선배가 취기를 빌려 아버지 이야기를
했던 그 날 밤처럼, 나도 이 편지에 나만 간직하고
있는 새벽을 담고 싶었어요. 또 혹시 모르는 일이죠.
친구와 선배가 그 낯선 곳에서 한 번쯤 스쳤을지.
말도 안되는 우연이 있었을지.

　있잖아요. 난 영원을 믿지 않아요. 우리가 잔을
오래도록 기울였던 합정역 술집 이름은 생각나질
않아요. 우리 또한 여느 사람들처럼 안부를 물을
수 없을 사이가 될지도 모르겠어요. 나중엔 단 몇
장면만으로 선배를 기억할 수도 있겠죠. 그래서
이 편지는 부치지 않으려고 해요. 술집에서 선배가
내게 흘려버린 말들로 아주 잠시 내가 특별한
사람이 되었다고, 그렇게 믿고 싶으니까요. 지금
가수 정승환이 DJ로 나오는 라디오를 듣고 있어요.

방금 황인찬 시인의 <소실>을 읊어줬는데요. 참
우연이라는 게 이상하죠. 시의 모든 구절이 제가
선배를 추억하는 모든 장면과 같아요. 종종 소식 듣고
싶어요. 부디 건강 챙기길 바랄게요.

020

3월 13일

　오늘도 난 네 얼굴의 부드러운 곡선을 머릿속으로 그려봐. 이마에서 코로 부드럽게 이어지는 곡선. 그 모습을 보면 난 항상 미끄럼틀이 떠올랐어. 그 위를 주욱 타고 내려가는 상상을 종종 해. 이마에서 미끄러지면 코끝에 간신히 걸쳐 앉을 수 있겠지. 그 위에서 다리를 대롱대롱 흔들며 네가 보는 것들을 나도 보고, 너의 표정을 누구보다 먼저 보고 싶다고 생각했어. 함께 감정을 공유하며 마음을 나누고 싶어서, 아마도 그래서 그런 상상을 자주 하게 되나 봐.

　상상 속에서 난 너의 곡선을 손가락 끝으로 감각해. 눈을 감고 너의 얼굴을 그려봐. 너의 얼굴을 마음속으로 덧그리다 보면 널 향한 그리움이 숨 쉬지 못할 만큼 번져. 당장 찾아가서 널 보고 싶은 마음 뿐이야. 그렇게 하지 못하는 난 그냥 널 보고 싶다고 한숨처럼 내뱉기만 해.

널 생각하는 마음이 너무 커져서 견딜 수 없을
때마다 오늘처럼 네게 편지를 쓸게. 나에겐 아직
널 향한 이 마음을 내보일 용기가 없어서, 주인을
찾아가지 못할 끝없는 편지를 쓰고 있어. 이 종이를
채우고 나면 네가 영원히 알 수 없게 잘게 찢어
버릴 거야. 널 사랑하는 문장들로 빽빽하게 종이를
채우면 그제야 온 마음을 그 위에 꾹꾹 눌러 담을
수 있겠지. 그러면 난 사랑으로 가득 차서 축축하게
젖었던 무거운 내 마음을 잠시나마 가볍게 내려놓을
수 있을 거야. 백지 위에 사랑을 꾹 짜내면 내 마음은
조금 가벼워지고, 백지는 사랑으로 푹 젖어서
흐물거리겠지.

　　보고 싶어, 신아. 결국 내 마음의 전부는 이거야.
내 마음을 온전히 보여줄 수 있는 유일한 한마디. 난
이 마음을 언제쯤 네게 보여줄 수 있을까.

021

K에게
1

　　답답한 마음에 편지를 씁니다. 하지만 이 편지는 당신에게 닿지 않을 예정입니다.

　　그것은 아픔과 고통의 넋두리로 이어질 편지의 내용이 당신에게 닿는다면 괜한 짐을 지게 만드는 건 아닐까 하는 저의 걱정 때문입니다. 이런 마음가짐으로 편지를 써야만 당신에게 솔직한 마음을 쓸 수 있겠습니다.

　　잘 지내고 계시는지요. 저는 잘 지내고 있지 못하고 있습니다. 요즘은 죽음이라는 단어가 친밀하게 느껴지는 날들을 보내고 있습니다. 그렇다고 저의 직접적인 죽음을 이야기하는 건 아닙니다. 다만, 요즘의 저는 가장 큰 몸의 고통과 마음의 불안을 동시에 느끼고 살고 있으니, 종종 글이나 말로 쉽게 뱉던 '죽음'이라는 단어가 이처럼 가깝게 느껴지는 것이 살면서 처음이 아닐까 합니다.

얼마 전 저의 아버지가 암 선고를 받으셨습니다.
소세포폐암 4기랍니다. 그럼 치료하면 나을 수 있는
병인가요, 물었더니 의사는 치료가 잘 진행된다고
하여도 1년은 넘기기 힘들 것이라며 쉽게 이야기를
했습니다. 온전히 혼자 듣게 된 이야기였습니다.
아직도 저의 부모님은 모르는 사실입니다. 저의
형제인 두 누나에게만 이 이야기를 전했습니다. 이
이야기를 처음 들었을 때는 살짝 멀미가 나기도
했습니다. 그리고 이야기를 누나들에게 전할 때는
울컥하여 잠시 전화기 너머로 말을 전하지 못하기도
했습니다. 만약에 의사에게 그 말을 듣던 자리에 저
이외의 누군가 있었더라면 의사에게 화를 낼 수도
있을 것 같았습니다. 어떻게 그렇게 고통스러운
이야기를 냉소적으로 이야기 할 수 있느냐고요.
하지만 저는 혼자 있었고, 문 너머 대기실에는
쇠약해진 아버지가 앉아 있었습니다. 저는 화를 낼
수도 울먹일 수도 없어 애써 담담한 척, 아무 일도
없는 척했습니다. 이것이 요즘 제가 가진 마음의
불안입니다. 몸의 고통이란 제가 지병처럼 갖고 있던
추간판탈출증(허리디스크)이 재발한 일입니다. 이번
재발은 지난번 수술한 부분의 바로 윗부분에 문제가
생긴 것인데, 아픈지가 벌써 한 달이 다 되어갑니다.
아침이면 제대로 몸을 씻기도 어렵고 옷을

갈아입기도 어려워 평소 일어나던 시간보다 1~2시간 미리 일어나 출근 준비를 하는 게 일상이 되었습니다. 서서 있거나 걷는 것이 어려워 바닥을 기어 다닙니다. 바닥을 기어 다니고 있노라면 혼자 사는 것이 얼마나 서러운지 모릅니다. 하지만 한편으로는 다행이라는 생각이 들기도 합니다. 가족 중 누군가 저의 이런 모습을 보았다면 가슴이 아주 아프고 신경이 쓰였을 테니 말입니다. 오늘도 집에 누워 있다가 통증을 견딜 수 없게 된 저는 차를 몰고 밖으로 나와 카페에 앉았습니다. 지금 저의 상태는 서 있거나 누우면 아프지만, 자동차나 사무실의 의자에 앉아 있으면 고통이 사그라드는 정말 이상한 상태입니다. 보통 앉아 있는 자세가 허리에 좋지 않아 디스크에 무리가 가는 것이 일반적인 일이니, 상식적으로 이해가 되지 않았습니다. 의사에게도 내 증상이 이렇다고 이야기 했더니 제대로 이해하지 못하는 말투입니다. 허리디스크에 대해서는 병원에서도 무리하지 않고 약을 먹으며 쉬고, 통증이 줄어들면 평소에 운동을 해야 한다는 정도의 처방이 전부입니다. 그것이 통하지 않는다면 수술을 해야겠지요. 저는 허리에 다시 칼을 대는 일이 탐탁지 않게 생각되어 이러한 고통에도 날마다 버텨가며 살고 있습니다. 그나마 사무실과 자동차에 앉아 있을 때는 허리의 통증이

줄어들어 일을 계속할 수 있습니다. 삶을 계속 살아갈
수 있습니다.

　이것을 불행 중 다행이라 말해도 될지 잘
모르겠습니다. 저는 요즘 이렇게 정신적, 육체적으로
고통을 받고 있습니다. 그러니 당신에게 감정적인
연락을 드리는 것이 아무래도 무리라 생각합니다.
아버지의 병환은 제가 어찌할 수는 없겠지만 저의
병환이라도 낫는다면 상황이 조금 더 나아질 수 있을
것 같아 아쉬운 마음이 큽니다. 저는 요즘 당신을
그리워하는 일도 잠시 멈추었습니다. 지금의 저는
어서 빨리 이 고통이 사그라들기를 바랄 뿐입니다.
하지만 만약에 저의 편지가 당신의 꿈에라도
닿는다면 저를 위한 기도를 해주시길 바랍니다.
편지를 쓰고 있는 지금, 이 순간, 저를 위하는
누군가의 마음이 그립기만 합니다.

　2019년 5월 19일

[추신]

　이 편지를 다시 보는 2020년의 봄의 저는 건강은 호전되어 정상적인 삶을 지속하고 있습니다. 다만, 아버지는 지난겨울에 돌아가셨습니다. 그리고 당신과의 관계도 소원해졌습니다. 만약에 이 편지가 당신에게 닿았더라면, 그리고 연락을 지속하였더라면 우리의 관계는 지금과는 달라졌을까요. 이것은 영원히 알 수 없고, 매우 부적절한 질문일 것입니다. 괜히 지난 편지를 들춰내어 가라앉아 있던 슬픔을 끌어올린 게 아닐까 하는 후회가 들기도 합니다. 잘 지내고 계시는지요. 돌이켜 보니 저는 여전히 잘 지내지 못하고 있는 것 같아 조금 슬퍼졌습니다.

바다에서 손을 잡고 싶었다.

누군가를 좋아해도 당장 그 사람의 얼굴을 볼땐
마냥 좋기만 했는데, 이번처럼 고개를 돌리고 입을
맞추고픈 충동이 들었던 건 처음이었다.

수도 없이 쓰다듬고 잡고 가까이 있고싶었지만
결국 참았다. 대신 그때마다 매번 마음속에 진한 선을
그었다. 이 이상 내 감정이 넘치지 않도록. 혹시라도
실수해서 그애를 불편하게 만들거나 내 생각을
들키지 않도록. 유일하게 용기냈던 것은 말없이 꽉
안아줬던 것뿐이었다. 그런데 그애가 내 어깨에 먼저
기댔을 땐, 갑자기 등뒤에 있던 바닷물이 모래 위가
아니라 심장 속에서 하얗게 부서지더라.

만나기 전에는 그렇게나 내 마음을 알아줬음
싶더니 얼굴을 보고 얘기를 한 후에 든 생각은
'죽어도 알지 못하게 해야겠다'는 것뿐이었다. 왜
그랬을까. 사실 이번 여행을 통해서 절실하게 알았다.
오로지 나만의 일방적인 마음이라는 걸. 눈물이

왈칵 차오르지도, 쓸쓸해서 온몸이 아프지도 않았고 그냥 그걸 느낄 때마다 얇게 베이는 것 같았다. 베인 상처라면 그 위로 연고를 바르면 되니까. 언젠간 나을 거니까. 아예 다 무너져내린 건 아니잖아.

　나는 진심으로 우리 둘의 여행이라 좋았는데, 다른 친구도 같이 왔음 좋았을 걸 그랬다는 말에 못내 섭섭했다. 그 섭섭함은 오롯이 내가 가져가야 할 마음이기에 티를 내지 않으려고 무진장 애를 썼다. 그래도 결국 표정에서 드러났을 수도 있다. 어쨌든 그말을 듣자마자 강릉의 바다니, 살랑이는 바람이니 하는 것들이 다 부질없었다. 그 시간 동안 나는 정말 한 사람만 바라보고, 생각하고, 느꼈는데. 우리 둘만의 시간일 그날을 얼마나 고대했는데. 나와 마음이 같을 수 없으니 그런 생각이 들 수도 있겠다며 스스로를 애써 위로해봐도 마음 정리가 잘 안됐다. 그애도 1박 2일 동안 나와 함께하며 분명 좋았겠지만 내 마음은 이미 너무 한 가지 감정에만 치우쳐있는 나머지, 그애가 그말을 하자마자 꼭 그 1박 2일이 그 순간부터 부족하고 심심하게 치부되는 것 같았다. 물론 그런 의도로 말한 건 아니었겠지. 그런데 나는... 정말이지 다른 사람은 떠오르지도 않았다. 파도와 함께 일렁이는 웃음소리와 매순간마다 그애가 던지는 말과 내 눈에 들어오는 모든 프레임을 온몸에

새기느라 바빴다. 무언가 비집고 들어올 틈조차
없었다. 만나서 서로의 우울을 털어놓고 싶었지만
굳이 우울을 나눌 필요를 느끼지 못했다. 그냥 요즘
많이 힘든 그애를 한 시간이라도 더 편안하게 해주고
싶었던 게 나의 전부였다. 난 그랬는데. 진심으로.
내 진심은 네 진심과 종류가 다른 것이지. 내 마음과
그애 마음의 방향이 혀끝으로 실감이 났다.

　　마음을 접어야겠다는 생각이 더 선명해졌는데도
불구하고 그게 잘 안된다. 나한텐 지난 1박 2일이
너무 기쁘고 예쁜 기억으로 남아 자꾸 되짚어보게
된다. 그럼 안되는데. 그럼 내가 걔를 계속
바라볼텐데. 어쨌든 나는 마음 정리를 해나가겠지만
잘 될 수 있을지 모르겠다. 너무 사랑스러운 애니까.
보기만 해도 내 마음 속에 빛이 들어오니까. 자꾸
그애를 유일한 빛으로 여기지 말아야 하는데
언젠가부터 그럴 수 없게 되었다. 그애와 관련해선 내
모든 것들이 오작동을 한다.

　　나이를 먹고 마음을 품으니 이런 사랑이
가능해진다는 걸 알았다. 온 세상을 다 불태우듯
하는 강렬한 것 말고 내 어둠 속에 촛불 하나 켜놓고
내내 바라보는 것. 오랫동안 그 촛불을 지켜보다
스스로 꺼야겠지. 그냥 그런 마음이 든다. 언젠가 끌
불이라면 조금 더 바라보고 싶다.

023

나그랑티

잘 지냈니

나는 그럭저럭 지냈어.

아주 가끔 생각해. 생각날 때마다 애틋하고 보고
싶어.

나는 이만큼이나 자라 어른이 되었는데, "그대"는
아직도 열일곱이야.

우리 나름 쌓은 추억이 많은데 이상하게 "그대"를
떠올릴 때면 그때 첫눈에 반했던 장면만이 되풀이돼.
분명 우리에게는 살뜰히 쌓아온 추억이 많은데.
이상하지. 간지러운 "그대"라는 호칭을 굳이 적는
이유는 나 다음으로 "그대"가 제일 잘 알지? 누가
먼저 시작했는지 아직도 모르겠어. 둘 다 부끄럽게
여기지 않고 "그대"라고 불렀던 때가 참 그립다.

나 아직도 같이 맞춘 싸구려 나그랑티 갖고 있어.
어쩌면 죽기 전까지 잊지 못할 목록에 "그대"이름

다음으로 물건은 나그랑티가 될 거야. "그대"는
버렸을까? 뭐, 괜찮아.

의대 갔다는 소식 들었어. "그대" 의사 되면 내가
그 병원 갈게. 많이 아프지 않고 얼굴 볼 정도로만
아플게.

알아. "그대"에게 나는 과거인 거. 과거에
묻어뒀다는 거 알아. 나만 못 잊어서 그래. 어떡해.
많이 좋아하는데.

어차피 볼 일 없을 테니, 봐도 본인인 줄 모를 테니
좀 더 솔직해져 볼게. 몇 문장 안 되는 이 편지는
사실 눈물과 함께 썼어. 한 줄 쓰고 울고 한 줄 쓰고
울었어. 종이가 아니라 그나마 다행이야. 종이마저
울면 안 되잖아.
감정이 정돈되어 있지도 않아. 침착하려고
노력해봤는데 안 돼. 날것의 마음이야. 어차피
모르잖아. 내가 얼마나 생각하는지.

좋아해. 보고 싶어. 이 마음 몰라야 해.
보고 싶어, 아직도. 속으로 늘 되새기는 말이지만,
다음 생에는 같이 사랑하자.

024

잘 지내고 계신가요?

저는 잘 지내고 있답니다. 오늘은 창문 밖으로 추적추적 비가 내리네요. 며칠 동안 집에만 머물러 빗소리를 우산 바로 아래에서 들을까도 싶지만 결국 제 발은 문밖을 나서지 못하고 맙니다.

저의 소식이 무척 궁금하셨을 것이라 생각합니다. 마지막 연락이 작년 5월이었으니까요.

아마 우리가 처음 연락을 했던 것이 2018년 이맘때쯤이었던 걸로 기억해요. 손편지는 아니라도 처음 당신께 메일을 보낼 때의 그 긴장과 떨림을 잊지 못합니다. 언제쯤 회신이 올까 무던히도 기다렸었지요. 다행히도 당신은 긍정적이고 희망적인 내용의 회신을 주었고 저는 아이처럼 기뻐하며 또 다른 시작을 꿈꿔볼 수 있었습니다.

사실 당신과 연락을 주고받는 동안 서너 차례의 위기가 있었어요. 처음과 달리 당신은 나의 이야기에 큰 흥미를 느끼지 못했고 당신이 원하는 방향으로만 저를 이끌어 나가고 싶어 했죠. 처음에는 확실하던 나의 생각들이 오고가는 당신과의 연락 속에서 점차 희미해졌습니다. 당신은 저보다 훨씬 경험이 많은 사람이기 때문에 당신이 이끄는 대로 휘둘릴 수밖에 없었어요. 그렇게 당신의 바람대로 따라가다 보니 저는 어느 순간부터 생각을 멈추어 버렸고 자존감은 더없이 떨어져만 갔습니다. 주변 사람들에게 조언을 구했을 때 그들은 하나같이 말했습니다. 내가 당신을 설득해야 한다고 말이죠. 연락이 뜸해질 즈음 당신에게 연락이 왔고 그때에도 저는 당신을 설득하지 못하고 에둘러 말했습니다. 그저 시간이 좀 걸릴 것 같다고 말이에요.

이 편지가 당신에게 가 닿을 수 있을지 모르겠습니다. 저는 아직 당신에게 다시 연락할 용기도 의욕도 없습니다. 제가 시작했던 이야기의 끝을 내지 못할 지도 모른다는 생각에 두렵기만 합니다. 그래도 끝은 내야 할 겁니다. 당신과 나 사이의 약속이니까요.

이 편지의 제목을 '나의 로맨스소설 편집 담당자님께'로 지을까도 했지만 제목은 따로 짓지 않고 숫자로만 남겨두려 합니다. 그래야 이 편지를 읽을 사람들에게 '반전'이 조금이나마 전해지지 않을까 해서요.

당신께 미안하다는 말을 꼭 하고 싶습니다. 어쩌면 당신의 머릿속에서 난 이미 지워졌는지도 모르겠지만 당신을 기다리게만 한 나는 무척 미안해하고 있으며, 곧 당신에게 연락을 하겠다고 말하고 싶어요.

올해가 가기 전에는 꼭 연락하도록 하겠습니다. 더 재미있는 이야기와 당신을 설득할 수 있는 확신과 배짱을 가지고 말입니다.

서울에도 지금쯤 비가 오고 있겠지요? 퇴근 조심히 잘 하세요. 오늘 하루도 수고하셨습니다. 그럼.

025

당신을 담은 가슴이

초라한 나의 집이어서 슬펐습니다.

조금 더 근사한 곳이었다면, 제가 멋있어
보였을까요.

저는 그래서 아무것도 판단할 수 없었습니다.

당신과 나눴던 감정 섞인 몸의 대화가 과연 얼마나
의미가 있었는지 말입니다.

우리 둘만의 시간이 끝난 후 담배를 피우러 간다던
당신이 어떤 생각을 품었는지 말입니다.

당신의 생각을 읽을 수 없어 나는 당신의 귀를
유심히 쳐다보았습니다.

당신의 귀에 나의 말이 어떤 모양으로 닿았는지
궁금했기 때문입니다.

아쉽게도 나의 말은 찾아 볼 수가 없었습니다.

그것이 당신의 귀에 들어가기 전에 사라졌는지,
당신의 귀에 들어가 당신의 몸 한 켠에 자리 잡았는
지는 아마

평생 동안 알 수가 없겠지요.

당신이 담배를 다 피우고 돌아와서 나의 흰 티셔츠 옆에 명품 로고가 크게 써 있는 티셔츠를 벗어 놓았을 때,

나는 더욱 더 그곳에 눈길을 주고 싶지 않았습니다.

당신의 티셔츠와 다르게 하얀색만 존재하는, 그 외에 아무것도 존재하지 않는 나의 티셔츠가 나를 설명하는 것 같았거든요.

이런 생각을 품게 된 제가 이상한 걸까요. 저 혼자만의 자격지심인 걸까요.

그럼 하나만 질문해도 될까요?

제가 가진 게 아무것도 없어도 그댄 날 가지고 싶나요?

제가 줄 게 아무것도 없어도 그댄 나에게 주고 싶나요?

이 질문들이 당신에게 선을 넘는 질문들인가요?

당신이 저를 진심으로 좋아하는 것이 아니길 희망합니다.

그것이 저의 유일한 절망 이기 때문입니다.

사람들은 저마다 자신의 안전지대가 있기 마련입니다.

당신은 아쉽게도 저의 안전지대가 아닌 것

같습니다.

방금 제가 아닌 것 같다며 여지를 남기는 말투로,
확실하게 끝을 못 맺었나요?

저도 참 미련을 버리지 못하는 그런 사람인가
봅니다.

사실 나 좋다는 사람을 쉽게 내칠 수 있는 사람이
세상에 얼마나 있을까요.

잘난 것 하나 없는 나를 좋아하신 다는데, 감히
제가 그 사랑을 거절할 수 있을까요.

하루에도 수백 수천번 당신 생각을 하고 있는데,
이런 나를 내가 외면할 수 있을까요.

가끔 이런 글을 쓰면서 생각합니다.

내가 글을 지울 수 있는 것처럼 저를 다 지우고
새롭게 쓰고 싶단 생각을요.

그럴 수 없는 걸 아니까 지금 미련을 가지고
있는거겠죠.

저는 이 편지를 당신께 드리지 않을겁니다.

그러면 저 역시 당신을 사랑하게 될 거
같으니까요.

사랑할 수 밖에 없으니 사랑하게 되겠죠.

026

Seul에게

안녕 예슬아, 곧 교환학생 가겠다. 외국으로
가는이유가 유학이라면 더 긴 시간동안 한국에 같이
있지 못하는거 겠지.난 아직도 가끔 네가 생각나.
힘들었던 기억은 벌써 다 사라지고 남은 건 좋은
기억들뿐이네. 함께했던 사진들을 클라우드에서 꺼내
보는 내가 정말 바보 같기도 해. 어떻게 해야 할 지 난
아직도 잘 모르겠어. 시간이 약이라던데 난 언제쯤
괜찮아질까? 살아가면서 잊지 못하는 사람이 한 명쯤
있다던데 그게 너일 것 같네. 그래도 그리워하고
추억할 사람이 있다는 건 정말 감사한 거겠지.

헤어진 이후에 연애도 몇번 했고 잊으려고
노력했어. 그런데 아직 난 널 만났을 때 만큼 제대로
된 사랑은 못 해본 것 같아. 난 아직도 기억해,
처음으로 누군가에게 꽃을 주려고 꽃을 사던 나를.
헤어지자는 널 붙잡으려다 울던 내 모습을. 지금

생각해보면 조금 창피하기도 하네? 그러고 보면 우리 짧았지만 좋은 일도 많았고 다투기도 많이 했었다. 네가 내게 써줬던 시와 편지들을 지금 다시 읽어보니 슬픈 내용이더라. 난 사랑이라는 두 글자가 그렇게 무거운지 몰랐어. 상대적으로 연애 경험이 많았던 넌 잘 알고 있는 것 같았고.

그때 난 사랑하는 방법을 몰랐지만 마음, 그 감정만은 진심이었던 게 확실해. 지금은 감정이 매마른 건지 그때에 묶여있는 건지 어떤 연애도 그때처럼 할 수가 없네. 난 그때의 어렸고 순수했던 때의 우리가 너무 그리워. 많이 다투기도 했지만 행복했던, 진심이어서 다툴 수 있었던 그 시절 말이야. 지금와서 느끼는거지만 네게 받은 그 사랑, 그 마음은 누구한테서도 받지 못하는 거였더라. 난 다른 사람들에게도 그런 감정을 느낄 수 있을지 알았는데 그건 나의 착각이었어. 그래서 그런지 나도 그때만큼 진심으로 누군가를 만나기가 어려워. 그래서 네가 계속 생각이 나는 건 어쩔 수 없나봐.

많이 보고싶어. 시간도 2년이나 흘렀고 나이도 두 살이나 더 먹었는데도 난 어쩜 이렇게 똑같은지.. 너희 집 불빛, 거꾸로가는 시계, 탄이, 벽에 붙어있는

사진들까지도 머리 속에서 떠나질 않네.미래를 위해
노력해야 할 시점에 난 아직도 과거에 묶여있는 것
같다. 너는 잘 지내고 있는 건지, 어떤 삶을 꿈꾸고
있는지도 궁금하네. 언젠가 만날 기회가 있었으면
좋겠어. 난 아직도 네가 행복하길 바라. 안녕

준상이가

027

꿈 속 얼굴

있잖아, 우리가 계획했던 여행을 갔다면 어떻게
됐을까? 우리가 만약 늦겨울에서 초봄으로 넘어가는
그 계절에 계획했던 여행을 예정대로 갔다면 말이야.
혹시 우리의 결말이 달라지지 않았을까, 하는 그런
바보 같은 생각을 해. 자려고 누우면 바보 같은 줄
알면서도 그런 생각이 꼬리에 꼬리를 물고 늘어져.
내 방 천장에는 별자리 대신 그런 생각들이 벅벅
그어지는데 좀처럼 멈출 수가 없네. 그렇게 잠들면
어김없이 난 네 꿈을 꿔. 정확히는 계획했던 대로
여행을 떠난 '우리'의 꿈이지. 꿈속에서 너는 마냥
행복한 얼굴인데 그 옆에서 나는 늘 무표정이야.
어딘가 슬픈 무표정. 근데 너는 내 얼굴이 왜 그런지
꿈속에서도 절대 묻지 않더라. 너는 그냥, 계속, 마냥,
즐거워. 나는 내내 생리통을 앓고 있는 표정이고.
나는 요즘 바보 같은 생각을 하다가 이렇게 바보 같은
꿈을 꿔. 그리고 아침에 일어나면 어김없이 내 기분은

아주 엉망이고 매스껍지. 꿈속에서의 내 표정처럼
하루를 시작하지. 그렇게 하루를 보내고 밤이 되면
나는 누워서 천장에 또 그 바보 같은 별자리를 그리는
거야. 그리다가, 잠들지.

　참 이상한 건 말이야. 꿈은 대개가 일어나면
흐릿해지고 잊혀지기 마련인데, 여러 번 반복해
꿔서 그런 건지는 몰라도 꿈속에서 내 얼굴이 너무
선명해. 내 옆에 있는 너는 신경 쓰지도 않던 내
표정 말이야. 내 표정을 읽고서 마음에 담아두고
왜 그런 표정을 짓는지 이유를 생각하는 건 그때나
지금이나, 현실이나 꿈속이나 나밖에 없네. 어쨌든
그래서 오늘은 바보 같은 생각 대신에 좀 다른 생각을
해보았어. 우리가 계획했던 여행을 갔어도 우리의
결말이 달라지지 않았을 거란 생각. 언젠가부터 끝은
이미 정해져 있었던 거지. 여행에서 얼마나 좋은
추억을 많이 만들었든지 간에 결국 똑같았을 거야.
그걸 꿈속에 나는 알고 있었나봐. 그래서 그렇게
바라던 여행을 가서도 좋지 않았나봐. 혹은 이 사실을
알고 있던 내 무의식의 반영일수도 있겠지. 어느
쪽이든 의지 혹은 무의지로 계속 하던 바보 같은
생각의 결론을 냈어. '아무것도 달라지지 않았을
거다. 그리고 앞으로도 달라질 건 없다.'

　나는 이제 좀 더 나를 돌봐주려고 해. 더 자주

거울을 보고 내 표정과 기분을 살피려고 해. 나에게
해로운 것을 멀리하고 나를 기쁘게 하는 것을 곁에
두면서 나는 조금씩 내 일상을 복구해나가려고 해.
나의 슬픔부터 기쁨까지 하나도 빼놓지 않고 정확히
사랑해 줄 거야. 옆에 있는 너는 몰랐거나, 모른 척
했거나, 절대 알 수 없었던 나의 모든 것들을 말이야.

028

아무것도 모르는 당신에게.

오늘은 참 무거운 하루에요.

나를 가라앉게 했던 대화를, 표정들, 공기들 때문에 정말로 무거운 하루의 끝이에요.

모든 게 너무 무겁지만, 아직 따로 정리해야 할 오늘의 감정이 남아있어서 이렇게 펜을 들어요.

내가 전에도 말한 적 있던가요? 정리되지 못한 하루의 감정을 담아두는 작은 상자 하나를 키우고 있다고.

이 방구석은 늘 나 혼자여서 아주 조용하고 텅 비어있지만, 마음은 퍽 자주 소란스러워서(특히나 이런 날이면 더더욱) 그럴 때마다 소란함을 저 상자에 뱉어내야 해요. 그렇게 해야만 잠들 수 있어요.

요즘 내 마음이 자주 소란스러운 건 아마도 당신 때문이겠죠. 당신에 대한 내 마음이 감당하기 버거울

정도로 커져 버렸으니까.

아마 이 편지를 쓰기 시작한 것도 그때부터였을 거예요. 내가 당신을 언제부터, 무슨 이유로 좋아하게 됐는지 이제는 기억도 잘 안 나지만, 그래도 이렇게 털어내다 보니 조금은 체념이 되기도 하는 것 같아요. 왜 말해보지도 않고, 시작도 하기 전에 체념하냐고요?

나는 늘 혼자 하고 끝내는 편이라 그래요. 그게 내가 주로 하는 사랑이에요. 왜 그런지는 모르겠는데 늘 그래왔어요. 그러니까 말도 꺼내지 못하고, 습관처럼 이렇게 읽히지도 않을 편지나 쓰고 있겠죠. 참 못났죠?

처음 마주했을 때부터 나는 확신했어요. 내가 당신을 마음에 담는 건 욕심이라고. 당신에게 나는 한참 모자란 사람 같았고, 게다가 당신 옆에 누군가 있었으니까.

당신 앞에선 늘 아무렇지 않은 척해야 했어요. 당신에게 관심이 없는 척, 당신을 보지 않는 척. 시선을 두고 싶지만, 시선을 두지 못하는 일. 그게 당신과 함께 있을 때 내가 가장 잘하는 일이었어요.

사실 이제는 당신 옆에 누군가가 없게 된 지도 꽤 됐다고 들었는데, 왜 나는 아직도 용기를 내지 못하는 걸까요.

우리가 마지막으로 얼굴을 마주했던 게 이 계절이
시작할 즈음이었던 것 같은데, 어느새 이 계절은
다 끝나고 새로운 계절 앞에 와있어요. 시간이 꽤
흘렀지만, 연락할 핑계를 생각하는 것조차 엄두가
안 나요. 당신의 일상 하나하나가 너무 궁금하지만,
다시 만나게 돼도 나는 늘 그랬듯이 당신 앞에서 티도
못 낼 게 분명하니까 SNS로 당신이 올리는 소식만
바라보고 있을 뿐이에요. 좀 찌질하네요.

그리고, 사실 나도 오늘 그 동네에 갔었어요.
당신이 오늘 SNS에 올린 그곳. 어쩌면 같은
골목이었을지도 모르겠네요. 그 골목 모퉁이를 도는
순간 마주쳤을 수도 있었겠죠. 딱히 당신 생각이
나서라거나 당신이 보고 싶어서 갔던 건 아니었어요.
그냥 가게 됐는데 당신 생각이 났던 거였어요. 그
동·네는 당신 때문에 처음 자세히 알게 됐고, 당신
때문에 찾아간 곳들이 많았으니까.
나 혼자서도 추억할 거리가 이렇게나 많아서
큰일이네요 정말.

돌아오지도 않을 답장에 뭘 기대하면서 오늘도
무슨 말을 이리 주저리주저리 썼는지, 이제는
스스로가 좀 한심하고 불쌍하기도 하네요.

읽어주는 사람이 없으니 이건 편지가 아니라 그냥 메아리나 혼잣말에 가까울지도 모르겠어요.

끄적인 혼잣말은 구석에 꽁꽁 숨겨둔 상자 안에 넣어버리면서, 우리 집이 어딘지도 모르는 당신이 이 상자를 들춰보길 바라는 욕심만 자라네요 오늘도.

계속해서 자라나는 당신에 대한 욕심은 이렇게 혼자서만 키우고 상자 안에 담아둘 테지만, 그래도 딱 하나 바라는 게 있어요.

지금 내 인생에 당신이 들어와 있는 만큼은 아니어도, 당신 인생의 한 장면쯤은 나로 차 있길.

언젠가 내가 당신에게 선물했던 향처럼, 오래도록 은은하게 나를 떠올려주길.

이제 나는 겨우 잠자리에 들 수 있는 상태가 되었지만, 눈을 감고 누워도 곧 다가오는 당신 생일에 축하한다고 전해야 하는지 말아야 하는지 수천 번을 고민하다 잠들 거예요 아마.

당신만은 부디 고민 없는 평온한 밤이길 바라요.

2020년 새로운 계절의 시작 앞에서.

네 번의 계절이 지나도, 여전히 당신을 생각하는 이로부터.

029

부질없음의 부질에 대하여

.

이 세상의 많고 많은 이름 중에서 하필 가장 아픈 이름으로 남게 된 너에게. 평범한 인사인 '잘 지내고 있니'로 이 편지를 시작할 수 없었어. 하지만 집에 가는 길에 가끔 너의 이름을 조용히 되새기며 안부를 묻곤 했어. 내가 지금 얼마나 속상한지, 속상할 때마다 너를 떠올려서 얼마나 미안한지에 대해, 마치 다음 주에 함께 놀러 갈 수 있을 것처럼 같이 해보고 싶은 것들에 대해, 점차 너의 얼굴과 목소리를 잊게 될까 두려운 마음에 대해, 나만 늙어가고 너는 그대로 멈춰 있는 것에 대해, 네가 남기고 간 흔적들이 나에게 자꾸 말을 거는 것에 대해 얘기했어. 다시는 볼 수 없는 사람을 다시 볼 수 있기를 바라는 것만큼 부질없는 바람이 아주 조금의 부질이라도 있기를 바라는 건 어떤 걸까. 문득 '부질'의 뜻이 궁금해서 사전을 뒤져보았어. '곡식의 낟알 속에 들어 있는 단백질'이란 뜻이래.

이따금 지금처럼 어떤 단어의 뜻이 매우 낯설게 다가오면서 궁금해져. 그런데 부질이란 단어는 대개 부질 있기를 바라는 마음에서 쓰이는 게 아닐까. 하지만 어떤 것에는 부질이 없어도 괜찮은 것 아닐까. 낱알을 펼쳐 보았는데 아무것도 없다고 해서 아무것도 아닌 건 아니잖아. 낱알은 그대로 낱알인 거잖아. 너가 없다고 해서 그리움이 그리움이 아닌 게 아닌 것처럼

그리움은 그대로 그리움인 거잖아. 그럼 그걸로 충분한 거야. 그렇게 난 오늘도 부질없이 널 그리워해.

030

Dear moon

경수, 네 얼굴은 섭섭하게도 기억나지 않는다.
간혹 입꼬리가 긴 남자를 볼 때면 니가 떠오르는
것으로 보아서 너의 입매는 그렇게 생겼었지,
생각한다. 잘 웃어 주었지. 미간을 찌푸리고
이야기하는 나를 보면서 너는 늘 입꼬리를 든 채로
집중했지. 나에게는 오래 사귄 남자친구가 있었고,
너에게는 오래 짝사랑한 여자가 있었던 무렵. 우리는
그 둘보다 자주 만나 산책을 하고 끼니를 함께
했었다. 그 여자애의 이름은 연수였었지. 너는 스무
살부터 세상의 모든 여자는 오직 연수였는데 그
아이도 그랬으면 좋았을 걸.

철철이 갖고 싶은 것은 많지만 돈이 참 없었던
계절들. 우린 함께 눈을 맞으며 어울리지도 않는
백화점 문턱을 넘기도 했지. 한 시즌의 고단함이 녹아
든 시급의 총체를 들고 너는 다크그레이 벨벳장갑을
골랐어. 그건 연수의 희고 가는 손가락이 쏙 들어갈

만한 고운 것. 여름에는 레이스가 덧대어진 부채나
양산을 함께 골랐지. 그것 모두는 오로지 연수의
것. 한번도 온전히 가져보지 못한 연수가 너의
전부였으므로 나는 그렇게 연수에 관한 이야기를
거들어 주었다. 너 역시 나의 서사를 지겹도록 들을
수 밖에. 검고 깊은 저수지 수면 아래서 목을 쳐들고
나올 듯 나오지 못하고, 될 것처럼 되지 않던 글쓰기.
줄 것처럼 주지 않던 연수. 우리는 각자의 것을
바라고 바랐지.

너의 오토바이를 기억해. 마른 몸에 어울리지
않는 큼직한 오토바이였는데, 그걸 타고 우리 집으로
오는 골목에 서서 네가 크게 손을 흔들었던가. 네
오토바이 뒤자리에 타고 많은 곳을 다녔지. 아직도
오른쪽 종아리 안쪽에 오백원짜리 만한 동전자국이
있어. 몇번의 여름, 함께 쏘다닌 길처럼 희미하게
남았지. 사루비아 꽃밭을, 성당을, 어느 시골길이든
데려가 주었어. 내가 그토록 '바라는 것'에 더 가깝게
갈 수 있도록 도왔지, 너는. 그럼에도 나는 네게 결코
친절하지 못했어. 웃어주지도 않았어. 그럼에도 나는
골목에서 오토바이 소리가 들릴 때마다 창을 열어
내다봤었지.

해가 있을 때 한동안 집밖을 나서지 못할 때가
있었지. 아름다움을 갈망하던 남자친구는 나의

촌스러움을 탓했지만, 너만은 나를 조목조목 이해해
주었지. 엉켜버린 원고 더미를 죄다 내다버렸던 밤.
한달쯤 지났을 때였나 너는 그것을 곱게 보관했다가
문 앞에 놓고 갔지. 구겨진 원고는 구겨진 원고대로
한 장 한 장 다 읽어보았고, 다 쓴 원고는 다 쓴 대로,
메모는 메모대로 빠짐없이 보았다고 했어. 모두가
아름다우니, 그러니 더 이상 촌스럽게 굴지 말라고.
경수, 결국 그 원고들은 없어졌지. 너처럼.

  스물 일곱 무렵에 우리는 마지막으로 보았어.
니가 술취한 나를 두번이나 업고 걸었는데, 그 길을
마지막으로 너는 사라졌지, 모두에게서. 몇 번이고
수소문했지만, 너와 친했던 이들은 모른다 했고.
나는 새삼 네가 친구가 별로 없었음을 알게 됐지.
마지막에 너를 만났을 때, 나 스스로를 물어뜯었나,
너의 연수를 조롱했던가. 너는 연수를 딱 한 번 안은
적이 있다고 고백했어. 하지만 그 아이는 언제나
그랬듯 네게 오래 속할 수 없었는지 한 달도 되지
않아 매번 있던 그 자리로 돌아가라고 떠밀었지. 더
이상 나쁘다고 할 수 없는 그런 이야기를 끝으로
너는 내게서 사라졌다. 수많은 계정들을 가려내며
네 이름을 확인했지만, 이제 도저히 찾을 수 없는
내 친구 경수. 우리는 이제 마흔 여섯이 되었다.
세련됨을 누누히 요구하던 남자친구는 나의 남편은

되지 못했지만 어느덧 중견작가가 되었고, 나는
그저 보고 있기에도 아까운 새초롬한 사춘기 소녀의
엄마가 되었다.

경수, 너의 연수처럼 나의 글쓰기가 내게 오래
속하지 않고 짧은 시간 날아가버렸지만 그러나
그것은 나쁘지 않았다. 우리에게 좋고 아름다웠던
일이지. 그날 밤 이후 너를 잃고 나는 가끔 큰 달이
떠오른 밤이거나, 흰색 레이스가 덧대어진 양산을 볼
때, 혹은 보드라운 벨벳의 감촉을 느낄 때, 입꼬리를
올린 채 애매한 표정으로 나를 바라보는 누군가를
볼 때면 흐릿한 네 얼굴이 보고 싶다. 선택지가
여러 개인 오늘날, 나는 바라는 것 말고도 다른
것에 대해서도 이야기할 수 있는데. 경수, 너는 지금
어디에.

들어봐 메리,

이곳은 지금 비가 내리고 있어. 창턱에 떨어진
빗방울이 닫힌 창을 때리는 소리 외에는 아무 소리도
들리지 않지만, 가만히 귀를 기울여보면 간간히
당신의 숨소리가 들리는 것 같아. 방 안의 등을 전부
꺼 두어서일까, 유리창에 흐르는 빗방울이 더 선명히
보이는 것 같아. 그렇게 얼마나 시간이 지났을까,
문득 내가 이렇게나 빗방울들을 멍하니 바라보고
있는 이유가 무엇인지 알 것 같은 기분이 되었어.
한참을 바라보던 그 유리창에서 나는 당신의 시선을
느낀 것 같아. 창을 따라 내리는 빗방울들이 마치 내
눈동자에 머물렀다가 눈썹과 이마를 지나 뺨을 타고
흘러내렸던 당신의 시선과 닮아있어. 유리창 너머로
보이는 플라타너스의 잔가지 몇 개가 부는 바람에 따라
움직이고 있는데, 그 모양이 나를 쓰다듬는 당신의
손길과 꼭 닮은 것 있지.
　이렇게 흔들리는 잔가지들을 보고 있자니 어쩐지

간지러운 느낌이 들어. 벌써 자정을 훌쩍 넘긴 시간인데도 아직 잠들지 못하고 언제까지 이렇게 천장을 바라봐야 하는 걸까. 캄캄한 방 안의 천장에 시선을 던지고 있자니 내가 눈을 뜨고 있는 것인지 감고 있는 것인지 혼란스럽기 시작해. 내가 눈 앞에 있는 것을 보고 있는 건지, 눈 안에 담아 두었던 것들을 꺼내 보고 있는 것인지 헷갈릴 무렵, 당신의 모습이 잠깐 천장을 스치고 지났어. 턱 선을 지나는 짧은 단발이 아침 안개에 젖어 조금 곱슬거리고 있어. 아마도 눈 안에 담아둔 것을 꺼내 보고 있었던가봐. 그 잔상을 좇으며, 놓칠세라 숨을 크게 들이쉬니, 알싸한 당신의 숨 냄새가 나는 것 같아. 거듭 숨을 들이쉴수록 그 형태는 점점 더 선명해지더니 어느덧 방 안 가득 당신의 향기가 나는 것 같아.

어느 여름밤에 우리가 나란히 좁은 길을 걸었던 때가 기억이 나는지 모르겠어. 두 사람이 어깨를 맞대고 서서 겨우 지나갈 수 있을 정도의 골목에는 수 걸음 간격으로 간혹 가다 가로등 불빛이 보일 뿐이었지. 우리가 간간히 주고받던 몇 마디 외에는 먼 발치에 있는 도로 위 자동차들이 다니는 소리가 들릴 뿐이었잖아. 가을이 다가오는 냄새가 나던 그 길 말이야. 지금 와서 돌이켜보니 확실히 일생일대의 중요한 결정을 내릴만한 때와 장소로 적합하지 않았을지도 모르겠다는 생각이

들어. 하지만, 이미 내 세계는 당신을 중심으로 돌고
있었고, 나는 이제 우리가 앞으로 남은 삶을 함께하기에
더 없이 완벽한 관계라고 생각했어. 당신 말대로 사랑에
빠진 사람들은 소소한 것에도 의미를 부여하고 삶의
행복을 찾는 능력이 비약적으로 성장하는지도 모르지.
하늘에 떠있는 구름마저 대견하고 아름다워 보이는
그런 것 말이야. 하지만 메리, "이제는 내 머릿속이 온통
당신으로 가득 찬 것 같고, 내 삶이 메리 그 자체야.
우리는 마치 하나인 것 같아. 이제 나는 메리 없인
살 수 없어. 나와 결혼해주겠어?"라는 말이 우리가
나눈 대화를 마지막으로 치닫게 할 만큼 형편없었나?
아무튼, 그 때 했던 내 말로는 당신이 머릿속으로 이미
지어놓은 결론을 돌이키기엔 턱없이 부족했다는 것
만큼은 확실히 알 것 같아.

　　"'당신 없인 살 수 없어.'라니, 당신 지금 무슨 소릴
하는 거야? 당신을 살게 하는 게 내가 되어서는 안돼.
당신이 그리는 모습이 정말 나라고 단언할 수 있어?"

　　"그게 무슨 말이야 메리, 난 당신을 진심으로
사랑하고 있어."

　　"만일 내가 지금과는 다른 모습이 되어버린다면
어떻게 할 건데?"

　　"그래도 내 사랑은 변하지 않을 거야."

　　"내가 지금의 모습이 아니어도 사랑 할 수 있다고?

그렇다는 건 내가 아닌 다른 누구라도 사랑할 수 있다는 말인 거잖아."

"그게 아니라, 나에게는 그만큼 당신과 함께한 시간이 소중하다는 말이야"

"내가 아니라 나와 함께 한 시간이 소중하다고? 그럼 나 자체가 아니라 나에게 공들인 시간이 아까워서 나와 평생을 함께하겠다는 그 중대한 결정을 했다는 말이야?"

결국 그 대화의 끝은 "두 세계가 하나가 될 수는 없어, 인간은 개개의 객체이고 끝까지 별개의 존재야"라는 당신의 말로 결론이 났고, 그게 바로 이 시간에, 이 집에 나 혼자밖에 없는 이유지. 당신 말에 따르면 내가 사랑에 빠진 것이 당신 자체가 아니라 내가 만들어낸 '메리'의 이미지일 수 있다는 말인 거잖아. 그래 좋아. 당신 말이 아주 틀린 말은 아니야, 만일 내가 당신이 아닌 다른 누군가와 사랑에 빠지더라도 당신과 아주 정반대의 이미지를 지닌 사람과 사랑에 빠질 가능성은 희박하니까. 사랑에 빠지는 주변인들만 보더라도 'A는 B스러운 남자만 만나네,'라던가 'B는 C같은 사람을 꼭 만나는구나'라는 이야기들 가끔 하잖아. 그들 스스로는 '내가 그런 유형의 사람을 좋아하니까'라고 생각하겠지만, 사실은 내가 비슷한 유형의 사람을 찾는 것이 아니라, 그런 어떤 이미지를

머릿속에 그리고 누군가를 바라보거나 대하고 있는지도
모른다는 말인 거잖아. 돌이켜보면 그랬던 것 같아.
내가 여태까지 사랑하며 만나고 스쳤던 사람들에게
적어도 한 가지 이상의 공통점을 발견할 수는 있는
것 같아. 잔상처럼 남는 기억들의 영향에서 완전히
자유로울 수는 없는 거지.

　　사실 말이야, 나도 당신의 그 고집스러움이
지긋지긋하던 찰나였던 것 같아. 뭐가 '인간은 개개의
객체'이고 '끝까지 별개의 존재'라는 거야. 당신처럼
그렇게 단단한 껍질로 둘러싸여 있고서는 그 안에 있는
것의 성질을 바꾸기가 여간 어려운게 아니지. 당신
말이 아예 틀린 것도 아니야. 사실 그 껍질 안에 어떤
문제가 일어나고 있는지 알아차리는 것 부터가 쉽지
않지. 하지만 말이야 메리, 나는 당신의 껍질이 무엇을
감싸고 있는지 알기를 원하고 있어. 아마도 지난여름에
나는 그 껍질이 무얼 감싸고 있었는지 제대로 알지
못하고 있었던 것 같아. 겉과 속의 모습이 다른 당신을
어떻게 대해야 좋을지 나는 제대로 알지 못했던 거야.
이런, 카펫에 아이스크림이 떨어졌잖아. 바닥으로
떨어진 아이스크림은 내 손이 닿기도 전에 녹아 카펫에
스며들어버렸어. 이미 녹아버린 아이스크림을 닦기
위해 휴지로 몇 번 바닥을 훔쳐냈지만 카펫에 스며버린
아이스크림을 휴지로 닦아내기엔 무리가 있는 것

같아. 세탁하기도 까다로운 카펫에 얼룩이 들어버렸어.
그나마 무늬라도 있었던 카펫이라면 얼룩이라도
덜 눈에 띄었을 텐데, 매끈하던 카펫 표면의 어디에
아이스크림을 떨어뜨렸었는지가 너무나 눈에 띄게
잘 보이잖아. 이 얼룩을 지우려면 더 강력한 뭔가가
있어야겠어. 날이 밝으면 얼룩 제거용 세제라도 사
와야 할 것 같아. 그런데 말이야 메리, 이런 게 다 무슨
소용이 있나 싶어.

"메리, 당신도 알잖아. 내가 음침한 성격이라는 거."

"글쎄, 그런 것 같기도 하고?"

"내 음침한 성격이 당신까지 물들이면 어쩌나 그게
걱정이야 나는."

예전에 내가 당신에게 내 안의 어둠에 대한
이야기를 했을 때, 당신이 나에게 했던 말을 기억하는지
모르겠어. 당신은 내 말을 듣고 내 안의 어둠을 몰아내
주겠다고 말하지 않았어. 당신은 나에게 내 안의
어둠까지도 사랑하겠다고 말했었지. 그런데 이상하게도
그 말을 듣고 나니, 내 안의 어둠이 물러서는 것 같은
기분이 되었단 말이야. 참 이상하지, 당신은 내 안에
어둠이 머무를 수 있는 여지를 마련해 주었는데, 그제야
내 안의 어둠이 물러나려고 했다는 사실이 말이야.
그런데 말이야 메리, 이건 최근에 다시 생각하게 된
부분인데 말이야. 사람들은 사실 내면에 밝은 면과

어두운 면을 모두 갖고 있잖아. 그 두 가지 면이
얼마나 그 사람의 안에서 조화롭게 머무르고 있는지가
중요한 건지도 모르겠어. 밝은 면과 어두운 면이 함께
공존할 자리를 제대로 마련해주어야 하는데, 나는
그러지 못했던 것 같아. 내 안의 어둠을 몰아내기 위해
적잖이도 애쓰는 것이 힘에 부치던 찰나에 당신이
내 안에 어둠이 자리할 공간을 마련해주었어. 나는
마련해주지 못했던 그 공간에 이제야 어둠이 제 자리를
찾아 들어온 것 같아. 당신의 말에 물러갔다고 생각했던
그 어둠이, 사실은 내 안에 제 자리를 찾아 들어갔다는
생각이야. 하지만 어쩌면 당신은 그 때 내 안에 어둠을
몰아내기 위해 종신 서약이라도 서지 않은 것을 지금쯤
땅을 치고 후회하고 있을지도 모를 일이지.

　　물이 든다는 것은 어느 한 쪽이 다른 한 쪽에 영향을
미치는 것을 넘어서 둘이 언젠가는 하나가 되어버리는
과정인 것 같아. 물감은 물에 닿는 순간 삽시간에
번져서 물과 분리하기 어려운 상태가 되어버리잖아.
그렇게 같아져 버린 둘은 이후에 다른 컵으로 옮겨
담더라도 이전의 색을 간직할 수 밖에 없어지지. 검정이
되어가는 과정이 좋은 것 같아. 검정에는 빨갛던 당신도
파랗던 당신도 모두 묻어 있으니까 말이야. 그나저나
메리, 지금 시간이 자정을 넘긴 지가 오랜데 정말 집에
돌아오지 않을 생각인 거야?

032

훈,

그림 잘 받았다니 다행이에요.

무척 오랜만에 선물 포장을 한거라 리본을 묶었다
풀었다 다시 묶었다 풀었다 하게 됐는데 마음에
들었는지 모르겠네요.

줄곧 그림을 다시 건네주는 일이 매듭을
묶는거라고 생각했는데, 어쩐지 저 혼자 또 풀린
기분이에요.

더 이상 우리가 없다는 사실을 머릿속에서
반복하면서요.

"굳이 그림을 줘야겠다면 커피라도 마시면서
돌려줘요." 라는 말이 사실 너무 야속했어요.

마치 언제 밥 한 번 먹자는 무의미한
인사말처럼요.

"우리가 마주 앉아 커피 마실 사이야?" 라고
화내고도 싶었는데, "커피 마시다가 또 사랑에 빠지면

어떻게 해요." 라고 건넨 농담 아닌 농담처럼요.

저는 그간 건강히 잘 지냈어요.
새로운 곳에서 적응하려 노력하고 있고,
MMCA 도슨트 면접도 보고,
한동안 신경쓰이던 사랑니도 뽑고,
주말이면 스콘이나 쿠키를 굽고,
이제 어떤 와인 병에 왜 붉은 수탉이 그려져
있는지 설명할 수 있고,
혼자 무연히 울던 밤*들도 지나쳐가고 있어요.

저는 잘 지내고 있어요.
저와 만났던 매일 매주가 힘들었고 더 이상 제게
시간을 쓰길 원치 않는다고 말했었지만,
그래서 더 이상 우리가 없는 이상한 하루**들을
저는 잘 지내고 있어요. 여전히 궁금해하면서요.
그러니 훈도 이태리 가기 전까지 잘 지내요.
더 하고픈 말이 많지만 그냥 잘 지내라는 말로
대신할게요.

그럼 다시 만날 때까지 안녕.

*나이트오프의 리뷰
**이제니 시인의 말

033

플라이 미 투 더 문

나를 저 달나라로 데려가 줘요.
나의 손을 잡고 또 다른 세계로 함께 해요.
화성과 금성을 건너서 우리 함께 봄으로 날아가요.
나의 입술에 당신의 입술을 겹쳐 주세요.
당신의 숨이 나의 숨과 닿을 때, 나는 아마 가장
황홀한 진실에 다가가게 되겠지요.

당신의 동근 아미를 쓰다듬고 그 위에 내
이마를 대고 싶어요. 잠든 당신을 바라보며 약간은
곱슬거리는 머리를 쓰다듬고 싶어요. 내 허벅다리에
느껴지는 당신의 머리의 무게, 하늘 위로 보이는 하얀
달과 쏟아질듯한 별의 무리, 코끝을 찌르는 라일락과
풋풋한 초록의 냄새, 멀리서 들려오는 풀벌레
소리.....

우리가 앉아있는 평상 위로 잔잔히 불어오는

적당한 바람과
　　낡은 라디오에서 흘러나오는
　　김윤아의 <플라이 미 투 더 문>.

　　작은 상상의 나래들이, 이 잠들지 못하는 밤, 노래
조각에 실려 펼쳐져요.
　　김윤아님의 허밍을 따라 나도 모르게 흥얼거리는
노래 속에 소망을 실어서 보내 봐요.

　　눈을 감고 당신은 지금 저 밤하늘의 어디까지
날아가고 있나요?
　　그 꿈에 나도 있을까요?
　　당신과 손을 잡는다면 나는 저 우주 어디까지라도
날아갈 수 있을텐데...
　　그 우주의 끝에 무엇이 있을 지 아직 잘 몰라도
그저 당신이,
　　나의 손끝에 당신의 커다란 손을 맞대어 단단하게
잡아주기만 한다면
　　나는 그 어떤 두려움과 절망을 넘어서 기꺼이
당신에게 뛰어들어갈텐데.

　　당신이 마주하고 있는 세계가 어떤 다른 세상인지
잘 모르지만, 그저 당신이 있기에 충분하다는

감상적인 마음이 들어요.

    아침이 되고 햇살이 창가를 비추어 태양 아래
벌거벗은 채 마주하게 된다면 아마도 지금처럼
용기를 내어 당신을 모두 감내하겠다고 말할 수
없을지도 몰라요.

    하지만 이 밤에,
    이 노래만큼 축축한 감상에 젖은 지금은
    그저 타는 목마름을 해소하기 위한
    당신이라는 오아시스가 너무도 간절하네요.

    당신을 내 옆에 둔다면,
    나의 상상이 현실이 되고-
    당신의 폭신한 뱃살에 내 얼굴을 묻고 우부부부
바람을 불며 장난을 친다면,
    당신의 하얀 볼살을 손바닥 가득 잡고서
몽글몽글한 그 느낌을 만끽한다면,
    당신의 다정한 눈가를 시작으로 둥근 코와
오물오물거리는 작은 입술에 쪽 소리가 나게 뽀뽀를
한다면,
    이 내 마음을 태우는 불꽃은 조금은 사그라들까요,
    아니면 더 활활 타올라서 당신까지도 삼키게
될까요?

당신의 목을 끌어안고, 당신에게 매달려-

목 뒤에서 나는 당신의 향취를 있는 힘껏 마시고 싶어요.

나의 등을 두드리는 당신의 손의 온기에 기대 잠들고 싶어요.

잠들지 못하는 오늘 같은 밤에 당신이 내 옆에 있다면

나는 당신을 곰인형처럼 끌어안고 살에 파묻힐텐데.

당신이 나의 뒤척임에 깨어나서 내 머리카락을 살살 쓰다듬고 나를 당신의 위에 올리고 아주 크게 포옹한다면, 그 자체로 웃음이 터져서 세상에서 가장 행복한 사람이 될텐데.

당신의 따스함에 나는 또 스르륵 잠이 들어

당신과 함께 저 하얗고 커다란 달을 향해 날아갈텐데요.

꿈 속에 꿈을 꾸는 시간.

노래 한 조각과 당신 생각 하나만으로 이 밤은 상큼한 체리와 조금은 큼큼한 시가 냄새로 가득해지고, 나는 아직 느껴본 적도 없는 당신의 체온과 손길이 그리웁고 그리워서 먹먹해져요.

이 내 그리움은 어디에서부터 온 것인지,
당신이라는 존재가 내 안에 들어오기 이전부터
이미 내 안에 있던 로망에 당신이라는 퍼즐이
딸깍 맞춰져서 아주 완벽하고 사랑스러운 그림이
펼쳐지네요.

아마도 현실은 상상처럼 달콤하지만은 않을
거예요.
만일 당신과 평상에 앉아 숲속에서 노래를 듣고
잠이 든다면, 벌레소리는 윙윙대며 귀를 괴롭힐 테고
우리는 모기밥이 되겠죠. 당신의 페브리즈 배꽃향과
섞인 담배냄새는 너무 강해서 나는 당신 등짝을
때리며 제발 좀 작작 피라며 십년된 마누라마냥
잔소리를 하고 있을 가능성이 농후해요.
당신은 허허허 웃으면서 또 말을 돌려 딴소리를
하겠죠. 나는 또 이 영감쟁이가 말을 돌린다며
당신에게 딴지를 걸테고 당신은 그 잔소리와
딴지에도 아랑곳하지 않고 자기가 하고 싶은 말을
다해서 한 번 더 매를 벌겠죠.
등짝이며 어깨를 두어번 때리고 나면 나는 왠지
모르게 또 미안해져선 대강 깎아서 삐뚤빼뚤한
사과 한 조각을 당신 입에다가 넣어주면서 쉰소리
그만하고 과일이나 먹으라고 하겠죠. 그리고

모기장이 필요하다며 당신에게 당장 가져오라고
심부름을 시킬 거에요.
　　정말 지금 흐르는 낭만적인 노래와는 어울리지
않는 시골 풍경이네요. 분위기를 잡기에 당신은 너무
깨는 인간이라 와인을 기울이며 재즈 한 조각 따위는
없을 거 같긴 해요.

　　당신을 생각하면 닭볶음탕에 소주 한 잔이
생각나요.
　　참이슬 후레쉬-
　　회식 때 섞어먹지 않겠다며 소주와 잔을 들고
다니면서 마시는 당신이니까요.

　　시골에 간다면,
　　우리는 아마도 숯불 위에 얇은 철판과 은박지를
깔고 그 위에 삼겹살이며, 목살에 김치와 버섯,
소세지까지 곁들여서, 기름장에 마늘을 잔뜩 넣고
우리는 고기판을 벌일 거에요. 당신은 야무지게
고구마며- 감자며- 맥주와 레몬, 온갖 양념을 더한
닭한다미를 호일에 각자 싸서는 그 활활 타오르는 불
속에 넣어두겠죠. 이렇게 먹어야 제 맛이라며--
　　불판에서 땀을 흘리면서 고기를 굽고 있는 당신이
고기를 한 점 집어 내 입 앞에 물어다 주면, 나는

야금야금 받아먹으면서 테라에 참이슬 후레쉬 반잔을 넣고 쏘맥을 말겠죠. 당신은 그걸 보면서 또 허허롭게 웃을 것이고. 그 흐뭇한 웃음에 나는 별스럽다는 듯이 당신을 바라볼 거예요.

이게 좀 더 현실에 가까운 우리의 풍경.

분위기는 다르지만 나는 이쪽도 마음에 들어요.

당신이 그 풍경 안에 들어와 있다면 사실 어떠한들 좋지 않겠어요.

그저 당신이 거기 있어서,

내 옆에 있어서 좋겠죠.

당신이라서,

그래요. 당신이기 때문에.

당신, 나의 손을 잡아주세요.

그 두껍고 커다란 손으로 나의 작은 손을 꼭 잡고 나와 저 달나라로- 저 달 너머로 함께 날아가요.

나는 당신의 손에 깍지를 끼고 우리만이 갈 수 있는 새로운 세계로 날아갈 거예요.

그 달 너머에 있는 지구라는 별에서 우리는 두 발을 땅 위에 딛고 살아갈테고,

어쩌면 버티고 선 두 다리가 뻐근하고 저려오는 순간이 있을 테지만,

그럼에도 당신이 있기에 괜찮은,

그런 낭만적인 기대를 해봐요.

이것은 혼자만의 상상.

당신은 아마 꿈 속에서조차 꿈꾸지 않은 나만의

풍경.

당신의 미래 안 어디에도 내가 없을 것을 알지만...

그저 오늘 이 밤에는 상상의 나래를 펼쳐봐요.

우리가 우리로서 함께하는 순간들을.

쓸쓸한 기분에 여전히 잠은 잘 오지 않지만, 그

상상에 기대어 다시 눈을 감으면 오늘 밤은 조금은 더

따뜻하게 흘러가지 않을까요.

034

안녕, 하고 싶은 말이 한가득이라
펜을 들었어.

너무 갑자기 찾아온 이별에 제대로 인사도 나누지 못한게 이내 마음에 걸려서, 분명 너 또한 그럴 것이라는 생각에 이렇게 편지를 써봐.

이 편지가 전해질지 모르겠지만 부디 전해지길 바라는 마음과 전해지지 않길 바라는, 욕심이 가득한 내 마음을 이해해 주길 바래. 너는 착하니까 아마 뭐든 다 이해해주겠지.

나는 지난 이주동안 정말 말도안되는 시간 속에 있었어. 차라리 꿈이었길 바랐지만 그 모든 것은 현실이더라. 마냥 즐겁고 행복하지 않았어. 그래도 너였으니까. 나는 정말로 너라면 괜찮은 사람이었으니까. 한때 편지에 이렇게 쓴 적이 있어. 너는 나의 도피처였다고. 너의 순간들로 버텼다는 나에게 너는 앞으로도 큰 힘이 되어주고 싶다고 했는데...

지금의 너는 어디서 힘을 얻을까. 놀랍게도 나는

여전히 다정하던 너의 말들에서 큰 힘을 얻어. 처음
너를 좋아하기 시작했을 때부터 이렇게 하루를
다정하게 만들어주는 사람이라면 감히 내가 위로를
받을 수 있겠구나 하고 생각했거든. 나는 가족에게,
친구에게 내 속 이야기를 꺼내면 그게 곧 내 치부가
되는 것 같은 두려움에 힘이들어도 우울해도 말 하지
않고 속으로 곪아갔는데.

　너라면 내 이야기를 이해해줄 것 같아서. 너에게는
말할 수 있을 것 같아서. 너와 나의 감정의 결이
비슷한 듯 닮아보여서. 그래서 너를 내가 생각하는
것보다 훨씬 더 좋아했었나봐. 사실 조금은 네
원망도 했어. 왜 그렇게 열심히 살았는지, 왜
그렇게 진심이었는지. 네가 그 선택을 할 때 무슨
마음이었을지, 내가 네가 아닌 이상 온전히 이해 할
수 없지만 너의 마지막 편지에 나는 너를 조금이나마
이해 할 수 있을 것 같아.

　네가 말한 과분한 축복과 사랑은 뭘까. 나는
그렇게 생각해. 네가 살면서 받았던 사랑은 모두
네 몫이 었다고. 그리고 앞으로 네가 받아야 할
사랑들도 다 너의 몫이라고. 과분한 사랑은 없어.
오롯이 너의 것인데....

　나는 요즘 후회가 된다. 너에게 사랑한다는 말을
아끼지 말 걸 그랬어. 언제고 그 자리에 있을 것

같아서 금방이라도 서로에게 닿을 수 있을 것 같아서 나중에 말해줘야지 하고 미뤘더니 이제 더 이상 네게 닿을 수가 없네. 너와 나 사이에 거리가 생겨버렸어.

그리하여 결국 나는 그 거리마저 사랑하기로 했어. 그러니 내 사랑, 나는 너에게 받은 사랑으로 괜찮지 않아도 괜찮으니 부디 너도 괜찮아지길. 남들 보다 조금 더 행복하고, 너를 스치는 세상 모든 것들이 너에게 다정하길.

억만겹의 사랑을 담아, 행복을 주는 사람이 되어주는 너에게.

035

To. H.K

안녕? 쌤. 나야 J. 오랜만에 쌤한테 편지를 쓰려니
굉장히 어색하네. 우리가 처음 만났던 때가 2012년
3월 2일이었는데, 7년 전 이라고 하기보다 이제
8년 전이 되어간다고 말해야 더 정확할 것 같아.
그때 나는 참 어리고 어리석었었어. 다른 건 몰라도
그것만은 분명해. 쌤은 그런 나보다 8살이 많았고,
똑똑했고, 착했고, 무엇보다 내 눈엔 천사와 다름없을
정도로 빛나고 눈부시며 예뻤어. 나는 쌤을 보자마자
첫눈에 반했고 저 사람과 가까워졌으면 좋겠다고
생각했지. 나는 특히 쌤의 낮고 허스키한 목소리
그리고 마시마로처럼 처진 눈매가 정말 좋았어.
하지만 가까워지고 싶은 내 마음과는 다르게 우리의
거리는 쉽게 좁혀지지 않았지. 하지만 회사에서
갑자기 잡히는 야근이나 회식이 더러 있었던 터라
여러 사람들 속에서도 알음알음 우리가 서로를
알아갈 수 있는 기회가 많았던 것 같아.

그때는 늦게까지 남아서 밥 먹고, 술 마시는 게 정말 싫었는데 이제는 그러한 시간이 쌤과 나를 이어준 인연의 끈이라 생각하면 지금은 너무도 감사하게 느껴져. 그렇게 몇 달이 지났을까. 나에게 기적이 일어났어. 쌤과 내가 불과 몇 달 사이에 엄청나게 가까운 사이가 되어 버린 거야. 매일 회사에서 얼굴보고 얘기 하는데도 수시로 카톡을 주고받는 것은 물론 근무가 없는 주말은 온전히 쌤과 함께 보내는 날이었지. 주중에 매일 보고 주말에도 이른 아침부터 늦은 밤까지 함께 있었는데도 시간은 너무나 짧았어. 그때 쌤과 함께 보낸 시간들은 마치 꿈결을 걷는 것 같은 기분이 들게 했어. 나는 지금도 그 시절이 내 인생의 황금기였다고 자신있게 말할 수 있어. 내 인생에 허락된 모든 행운이 그때의 우리에게 쏟아지는 것 같았거든. 그때 이후로 그때만큼 행복한 적이 없었어. 쌤 같은 사람이 또 나타나주지 않을까 늘 기대했는데 쌤 같은 사람은 쌤밖에 없더라. 쌤은 내가 쌤을 사랑한 것보다 더 많이, 그리고 훨씬 더 성숙하게 나를 사랑해준 내 인생의 유일한 한 사람이야.

내게 정말 필요한 조언을 아끼지 않았고, 늘 나에게 맞춰주려 최선의 노력을 다했고, 나의 대한

주변의 좋지 않은 평가를 다 알면서도 나를 있는
그대로 나의 장점만을 봐준 사람이었어. 그런 사람을,
사랑이란 걸 처음으로 넘치게 받았던 불쌍하고
멍청한 내가 내 손으로 내치고 말았지. 인생을 통틀어
가장 후회되는 순간, 잡고 싶은 사람, 돌아가고 싶은
때... 그 모든게 나에겐 당신이라는 한 사람에게 모두
담겨있어. 그때 내가 당신에게 사랑한다고 말했다면
우리의 관계는 달라졌을까. 나는 늘 당신 생각을 해.
당신 생각을 할 때 나는 그래도 조금 행복하거든.
그때를 생각하면 당신에게 모질게 상처준 내가
떠올라서 많이 아프지만, 그럴 때마다 나는 당신에게
용서를 빌어. 미안하다고. 정말 미안하다고.. 그
미안함을 전하는 마음이 떠올리는 당신의 모습은,
눈물이 그렁그렁한 채 날 보는 당신의 아름답고 슬픈
모습.

　　그때 난 정말 소름끼칠 정도로 내 생각밖에 못하는
철저한 이기주의자여서 내 마음을 이해해주지 못하는
당신 모습에 버럭 화를 내고 말았어. 답답할 정도로
멍청한 내가 안타까워서, 좀 더 멀리 보지 못하고
코앞만 바라보는 내 모습이 속상해서, 당신은 눈물을
보였지만 나는 그 모습을 외면하고 말았어. 누군가
내게 다시 돌아가고 싶은 한 순간을 묻는다면 나는

망설임 없이 그때로 돌아가 당신을 와락 끌어안고 당신의 눈물을 닦아줄 거야. 하지만 그럴 수 없기에 당신의 그 눈물은 내 기억 속에서 자주 되풀이 될 거고, 나는 그때마다 당신에게 결코 가닿지 않을 용서를 빌겠지만 괜찮아. 그게 당신이란 사람을 너무 아프게 만들고, 셀 수 없이 많은 상처를 준 내 몫이라는 걸 내가 달게 받을 벌이라는 걸 너무도 잘 아니까. 이제 당신에게는 모든 게 다 미안해서 또 고마워서 사랑한다고 말 못하겠어. 대신 당신이 가끔씩 아주 많이 보고 싶다고 말할래. 당신에게 나는 어떤 사람으로 기억되고 있을까? 당신도 나를 가끔씩 기억해줄까?

아니. 그럴리 없을 거야. 당신은 벌써 4년 전에 결혼했고 지금은 2살과 3살인 연년생 형제를 키우느라 하루가 어찌 흘러가는지도 모를 테니까. 그런 당신에게 내가 잠시라도 스쳐갈 여유는 없겠지. 부디 몸이 약한 당신이 고된 육아에 지쳐 쓰러지지 않기만을 바라고 또 바랄 뿐. 2년 전, 당신은 Y의 결혼식장에서 나를 봤을까. 여전히 B와 있던 당신. 코닿을 거리만큼 내 앞에 다가선 당신이었는데 끝내 당신을 부르지 못했어. 내가 당신을 불렀을 때 반가워하거나 웃어주는 모습을 상상할 수 없었으니까. 당신의 소식은 여전히 나의

좋은 친구인 Y로부터 잊을만하면 한번 씩 듣고
있어. 그래서 당신의 기억은 오래되어도 낡지 않는
건가봐. 많이 보고 싶어 당신. 난 우리가 사는 동안
어디서라도 한번쯤은 마주쳤으면 하는데 그런 일이
과연 일어날까? 그런 일이 일어나면 그때 또 한 번
당신에게 편지를 쓸게. 정말 많이 보고 싶어. 언제나
당신만이 내게는. 늘.

FROM. 봄바람에 안부를 전하며.

036

처음이자 마지막으로 너에게

짧은 시간이긴 했지만, 나는 사실 너를 좋아했어.
엄청 짧은 시간이었지만, 그 시간이 내게는 두 번
다시는 느끼질 못할 감정이었을 거라고 생각해. 이렇게
단시간에 누군가에게 두근거림을 느끼게 된 건 네가
처음이야. 어디서부터 자세히 얘기해 줘야 이런 내
마음을 네가 알아줄 수 있을까?

너를 만나게 된 것은 정말 우연이었지. 그저, 아는
사람에게 '친구'로 소개받아 친하게 지내자는 마음으로
같이 보기로 했을 뿐이니까. 처음 통화로 목소리를
들었을 때는 그저, 목소리가 좋은 어린 동생이라고만
생각했었다? 그런데, 너를 처음 눈으로 본 순간, 난
느낄 수 있었어. 내 심장이 너를 향해 미친 듯이 뛰고
있었다는 걸 말이야. 너는 아무 생각 없이 내민 인사에
나는 애써 내색하지 않으려고 했어. '이럴 줄 알았으면,
집에서 조금 더 신경 써서 옷을 입고 보러 나올 걸

그랬나' 같은 생각을 하고 있었다는걸. 너는 당연히
몰랐겠지? 너는 그저 나를 '친구'로 바라보는 눈길일
뿐이었으니까.

　　나는 너의 옆자리를 피하기 위해, 항상 걸을
때는 바짝 옆에서 걷거나 항상 친구 옆에 서려고
했었어. 그런 너는 이런 나를 당연히 몰랐는지,
자꾸 내 옆에 오거나 뒤에 서려고만 해서 어찌나
심장이 두근거렸는지 몰라. 너의 그런 면이 여러
사람의 마음을 울렸을 거란 생각에 괜히 심술도 나긴
했지만, 어쩌겠어. 내가 너를 좋아하고, 너는 나를
그렇게 생각하지 않았을 테니까. 그래서 오히려 더
너를 피하려고만 했는지 몰라. 일부러 카페에서도
내 옆자리에는 가방을 두려고 했고, 밥을 먹을 때도
일부러 나 혼자 앉으려고 했으니까. 너는 아마도 '내가
싫은가?' 싶은 생각을 했었겠지. 그래서 지금은 너무
미안하고 후회가 되더라. 처음부터 너와 친해지려고
내가 노력했으면 얼마나 좋았을까. 그러면, 적어도
이렇게 너의 뒤에서 몰래 내 마음을 고백하지 않아도
됐을 텐데.

　　친구가 잠깐 화장실 간 사이, 너와 나는 카페에서
잠깐 마주 앉아 있었지. 너는 나와 친하게 지내고

싶어서 이런저런 질문들을 하면서, 나에 대한 정보들을
듣고 싶어 했지만, 나는 너에게 그 어떤 것도 가르쳐
줄 수가 없었어. 괜히 입을 열었다가 실수로 '너를
좋아해.'라는 말을 내뱉을까봐. 그러면 안되는 거잖아.
괜히 친구 사이로 만나게 된 거에 스스로 '재'를
뿌리기는 싫었어. 그저, 너도 나를 좋아해 주기를
내심 기대하면서 조심스레 말했었어. 물론, 그런 일은
아예 일어나지도 않았지만. 너는 너 스스로가 말
수가 적거나 서툴다고 했지만, 나한테는 전혀 그렇게
느껴지지 않았어. 오히려 너의 목소리와 말들이
내 가슴 속 깊숙이 들어오는 느낌에 간질거리기만
했으니까. 친구가 다시 돌아오기 까지의 그 짧은
시간이 내게는 '시간이 멈추기'를 바란 올해 첫 내
소원이었다.

　　너와의 첫 만남을 뒤로하고, 나는 항상 너에게 톡
하고 싶어서 고민했던 기억이 난다. 조금이라도 더
너랑 얘기하고 싶었지만, 사실 너의 연락처를 주고받지
못했거든. 그래서 항상 기억 속에만 남은 너의 모습에
한시라도 잊힐까 매일매일 되뇌려 노력했어. 그러다가
도저히 못 버틸 것 같은 시점에 너에게 먼저 연락이
왔었지. 나는 믿을 수가 없었어. 너는 내게 전화번호를
주며, 연락처를 주고받지 못했다며, 저장해 달라는

부탁에 진짜 하늘을 날 듯이 기뻤어. 사실 길을 걷던 도중에 너의 문자 한 통에 소리 지르는 바람에 주위 사람들의 시선이 느껴져서 얼마나 부끄러웠는지 몰라… 그래도 그 부끄러움을 이겨낼 정도로 내가 너를 정말 많이 좋아했나 봐.

하지만, 나는 결코 너에게 좋아한다는 말을 내뱉을 수가 없었어. 시간이 지날수록 이런 내 마음이 너에게 들킬까 봐 걱정됐지만, 한 편으로는 제발 알아봐 줬으면 좋겠다는 마음도 있었지. 왜냐하면, 나는 절대로 너에게 먼저 말할 수가 없었으니까. 나는 늘 이런 식이야. 나를 좋아해 주는 사람들은 쉽게 마음을 고백하는데, 왜 나는 좋아하는 사람에게 쉽게 고백할 수가 없는 걸까? 아무래도 그건 나도 알고 있기 때문이야. 고백의 거절은 곧 '친구로서도 이별'을 가리킨다는걸. 그래서 난 너에게 그 어떤 말도 해줄 수가 없어. 너에게 난 '친구'일뿐이니까. 그래서 나는 이런 내 마음을 조금이라도 더 깊숙이 숨기려고 해.

결국, 너에게 모진 말을 내뱉고 말았네. 그러고 싶지가 않았는데, 한 번 내뱉은 말은 너에게 상처를 주고 말았어. 하지만, 이렇게라도 하지 않으면 내가 너를 좋아하는 걸 포기할 수가 없을 것만 같았다. 정말

미안해… 너는 그저 알겠다고만 하고, 미안하다고
사과했지만, 나는 끝끝내 '나도 미안해'라는 말을
한마디도 할 수가 없었어. 그저, 너는 친구라는 이유로
내뱉은 말과 행동인데 나만 그런 걸 항상 의식하고
혼자 좋아하고 했으니까. 지금 생각하면 나도 참
이상한 애라는 생각이 든다. 이런 이상한 애랑은
너처럼 자상하고 마음씨 좋은 사람이랑 만나선 안돼…
그렇게 스스로의 마음을 애써 부정하려고 네게 그랬던
거야. 어차피 이런 사과도 너에게 직접적으로 하지
못하는 게 난 더욱더 너에게 미안할 뿐이야.

　　비록, 너와 내가 만난 시간이 그리 길지 않은
시간이었지만, 그 짧은 시간 동안 내가 너를 좋아할 수
있었다는 게 나에겐 정말 마법과도 같은 느낌이었어.
너에게 모진 말을 내뱉어서 정말 미안해. 괜히 너를
피하려고 행동한 거 정말 미안해. 너를 좋아하고
말아서 정말 미안해… 적어도 다음에 기회가 돼서
다시 만나게 된다면, 그때는 정말로 '친구 사이'로
너를 느끼고 싶다. 이제는 내게 건네준 너의 다정함을
추억 속에 고이 담아둘게. 끝으로 나마 네게 고백할게.
좋아해, 너를…

037

반짝반짝 빛이나

반짝반짝 빛이나. 책을 읽으며 출근하는 지하철
안에서 당산과 합정 사이를 지날 때 볕이 좋은 날엔
내가 보는 책에 반사되는 햇볕을 느낄 수 있어. 기분
좋은 날엔 책을 잠시 놓고 지하철 밖을 바라보거나
그 모습을 영상으로 담아. 그렇지 못한 날에는 그
빛으로 인해 책을 제대로 볼 수 없어 얼굴을 구기곤
해. 오늘이야. 오늘은 책을 읽으면서도 중간쯤에서
따라가지 못해 처음을 반복하고 또 반복하고 몇 장
남지 않은 책을 여러 번에 걸쳐 읽고 덮은 날이야.
무엇이 내 감정들을 흐트러트려 놓는지, 요즘은 썩
기분 좋은 날이 일주일에 절반도 안 되는 느낌이야.
길을 걷다가도 단풍나무를 비추는 햇빛을 볼 때면
너무 예쁘다고 생각을 해. 단풍나무 자체가 예쁜지 그
나무를 비추는 햇빛이 빛나는지, 아니면 부정적이지
않은 것들이 만나 서로를 더욱 빛나게 하는지.
저 햇빛이 나를 비추면 나도 저 단풍나무처럼,

책처럼 반짝반짝 빛이 날 수 있을지. 나는 이렇게나
부정적인데, 그래도 비춰주는 네가 있다면 그 뒤에
숨어 그나마 나은 사람으로 보일 수 있을까.

038

여전히 추운 서울에서,
난국의 이에게로

어떻게 지내나요?

나는 종종 묻고 싶어져요. 이제 더는 물어볼 수 없겠지만요. 묻는대도, 혹시라도 답을 듣는대도 무엇이 달라질까 싶어요.

오늘처럼 검은 방에 덩그러니 홀로 누워 있을 때에는 당신의 안부가 궁금해져요. 당신도 나처럼 가만히 누워 있을지, 아니면 또다른 여행자를 방에 들여 함께 낯선 이름의 위스키를 마시고 취해 나란히 잠들런지요. 어떤 편이든 돌아올 아침엔 더운 기운에 눈을 뜨고 덜 채워진 듯한 방은 눈부시게 희겠지요. 기억나는 게 많지는 않지만 그 방의 햇살만은 또렷하게 기억나네요. 처음 술을 마신 강변의 식당이나 술에 취해 한참을 걷던 길과 바람의 습도, 함께 듣던 노래도 기억이 나요.

이상하게도 당신과 '말'을 한 기억은 없어요. 이야기를 전해 들은 기억이 있다면, 보낸 시간이 있다면 분명 대화를 했을텐데 말예요. 당신에게 들은 이야기들을 풀어보라면 꽤나 많을 텐데, 목소리는 기억나지 않아요. 가끔 왜일까 생각해보는데 여전히 알 수가 없어요.

여행자들이 많은 도시, 심심한 그곳에서 한두 달이면 꽤 길게 머무는 것이니 그마저도 관계가 영글기엔 이르죠. 당신이 그 이야길 직접적으로 하지는 않았던 걸로 기억해요. 다만 여행자들의 도시임을 이야기 할 때, 모두 떠나갈 거란 이야길 할 때의 눈빛이 기억나요. 색깔로 치면 어두운 회색빛이었는데, 그 색이 꽤나 슬프게 느껴져 나는 그저 항상 마시던 그 위스키 병을 집어 당신에게 채웠지요. 앞 사람의 술잔이 비지 않게 채워주는 문화를 썩 내켜하지는 않지만, 그날만은 우리가 같은 나라 출신이라 꽤 다행이라 생각했어요. 처음 만난 날 나도 곧 다시 떠나갈 거란 걸 먼저 생각했을까요. 모두가 떠나갈 것이라는 마음은 어떤가요?

이런 이야길 하다 보니 문득, 내가 당신의 목소리를 기억하지 못하는 이유를 조금 알겠어요.

하나가 어떤 이야기를 하면, 다른 하나는 대답이나 자신의 이야기 보다는 행동으로 반응했지요. 빤히 눈빛으로 답하거나 그저 술을 따라주거나 말 없이 안아주는 일 말예요. 떠올리고 싶지는 않겠지만, 당신이 장례식에 다녀온 날 기억하나요. 그 이야길 듣고 나는 한동안 조용히 담배를 태웠죠. 그러다 내가 '어쩌면 이곳에서 죽을까 했다' 말했을 때, 당신은 말없이 안아주었지요.

인사도 없이, 다시 돌아갈지도 모른다고만 말하고 떠나온 건 미안해요. 그때는 정말로 곧 되돌아 갈 거라 생각했거든요. 변명하자면 이곳에 돌아와 채소를 심었고 그들이 뿌리 내리며 나도 뿌리 내릴 마음이 생겼기 때문이었어요. 함께 할 사람도, 금전적 배경도, 맘 붙일 공간들도 생겼어요. 그렇게 한 달, 두 달, 한 계절, 추운 계절이 오면, 하고 지나다 보니 한 해가 지났어요. 이것이 제 안부라면 꽤 괜찮은 안부이지요. 그곳에서 술 취해 당신에게 했던 내 말들은 아마도 이런 것들과 거리가 멀었을 테니까요.

이듬해 또다시 간 그 도시의 작은 클럽에서 우연히 마주쳤을 때 꽤 놀랐어요. 작은 도시이니 만날 수도 있겠다는 생각은 했어요. 어쩌면 서울에서, 당신이

살던 곳이라는 동네에서 마주칠 수도 있겠다는
생각을 한 적은 있어요. 그런데 그날, 그곳에서일
거라고는 생각 못했지요. 당신이 먼저 알은체 할
거라고는 더더욱 생각 못했어요. 겨우 "안녕하세요.
또 오셨네요" 했을 뿐이고, 그 다음날, 며칠 뒤에 또
만나서도 눈 인사 정도만 했지만요.

그날 돌아와 카카오톡 친구 목록에 당신 이름을
찾아봤어요. 목록을 훑어보지 않으니 지우지도
않았더라고요. 이름을 눌러 바뀐 프로필 사진도 눌러
크게 봤어요. 한 번쯤 다시 여전히 익숙해지지 않는
그 위스키를 함께 마시면 좋을 거라 생각했어요. 좀
더 솔직해지자면, 그 방과 밤이 다시 오면 좋겠다
바랐어요. 그래서 나는 그 다음날도 그곳에서 술을
마시고, 또 다음 날도 근처 어느 곳에서, 또 다른
날들에는 다시 그곳에서 술을 마셨어요. 혹시라도,
하는 생각에.

다만 오해는 마세요. 당신도 그렇겠지만
나도 사랑까지도 아니고 호감을 느낀 것도
아니었으니까요. 어렸다면 <비포 선라이즈>를
떠올리기도 했겠지만, 우리가 혹시나 하는 마음 같은
걸 가질 나이는 아니잖아요.

마음이란게 신기하죠. 밤새 말을 섞는다고, 몸을 섞는다고 생기는 것도 아니고, 시간도 거리도 그 크기를 바꿀 수는 있겠지만 그게 전부는 아니라는 점에서요.

세상에는 정의하기 어려운 관계가 많다는 생각을 해요. 선을 긋고 정의하는 것을 평소에도 즐기지는 않지만, 이번에는 뻔한 질문으로 갈라 보고 싶기도 해요. 우리의 관계는 무엇이었을까요? 내가 그곳에 더 오래 머물기로 했다면 무언가 달라졌을까요? 나는 무엇을 그리워 하는 걸까요? 당신도 종종 나를 떠올리나요? 친구도 아니고 호감도 사랑도 아니었지만 그립고 궁금한 사람이 있나요? 다른 사람들은 이런 관계를 이해할까요? 세상 사람들은 그것을 무어라 부를까요?

미안하게도, 당신은 당시의 내 다른 검은 마음까지 덤을 씌어 죄책으로 기억될 거예요. 다시 만나게까지 저를 둘러싼 많은 것이 바뀌었어요. 내가 당신의 카카오톡 프로필을 열어 보고 이런 고민을 했다는 사실만으로 옳지 않다는 생각을 할 사람들도 꽤 있을 테니까요. 이 편지마저도 그러려나요.

다시 마주쳤을 때, 당신의 아파트 주민이라던 나의 독일인 동행에게 당신에 대해 말하지 말아 달라 했던 것도 이해해요. 고자질 하자면, 단발 머리의 독일인이 씩씩거리며 독일 억양으로 당신에 대해 '불씻'이었나 '트래시'였나 부르며 말해주더라고요. 당신도, 당신의 상황도 꽤 많이 달라졌을 거라 생각해요. 아마 서울에서 마주쳤다면 나도 그랬을 거예요.

아, 나는 그 사이에 결혼을 했어요.

그럼에도, 혹은 그렇기에 나는 당신에게 편지를 써야겠다 생각했어요. 떠나올 때에도 아무 말도 전하지 못했고 앞으로는 더더욱 그러지 못할 것일테니까요. 다음에 내가 그곳에 다시 간다면 부디 마주치지 않길 바라요.

여러모로 좋지 못한 계절이네요. 쉬셔요.
그저 가끔 그곳의 아침과 햇살을 기억할게요.

여전히 추운 서울에서,
전해지질 않을 난국의 이에게로.

못다 했던 우리들의 사랑 노래가
저 하늘 별 되어 아픈 내 가슴에
맺힌다

- 전영록 <종이학> 중

039

좋아해요

이 말에서 제 수줍음이 느껴지는가요,

저는 이른 새벽
아래서는 파도가 모두를 집어삼킬 듯 부딪혀오는
가파른 절벽 끝
차가운 공기에 닿은 것들에 이슬 맺히는 가운데
그들의 눈물을 머금고 피어난 사람입니다

처음엔 저를 쬐러 오는 햇빛마저도 다분히
두려웠으나
어느샌가 그 햇빛을 사랑했기에
온 가지를 뻗고 자라 나와 뿌리까지도 비춰달라
잠잠한 발악을 하는 사람이 되었습니다

고통까지도 사랑해보셨나요
아마 저는 고통까지도 사랑하게 되었나 봅니다

어느 날 바람의 손길 한 번에
나의 뿌리가 송두리째 뽑힌다 하더라도
다시금 새벽의 눈물 머금고 당신을
기다리겠습니다
적어도 당신과의 눈 맞춤 한 번은 하고 가겠다고
그렇게 나는 이 길고도 아린 밤을 새워
태초에 내가 뚫고 나왔던 흙 위로 쓰러진 채로
온몸으로, 온몸으로
당신을 맞이할 것입니다

Postcript.
많이 그리워요
여전히 당신이 좋습니다
지긋이 웃는 때 나와 닮았다던 당신의 입꼬리도
내 어깨를 감싸 쥐던 당신의 손마디도
당신의 향부터 시작해서 그리운 기억들까지
온 힘을 다해서 잊으려 했으나
야속하게도 당신이 너무 그립습니다

봄이 오는데 우리는 이별 속에 있고

봄이 오는데 우리는 이별 속에 있고
당신은 자꾸만 내 안에 선명해집니다
나는 당신과 유리된 채
하루를 보내는데도
온종일 당신과 함께
있는 것 같습니다

어제저녁 천변을 걷다가
나는 오랫동안 당신을 생각했습니다

부디 잘 지내기를,

보고 싶다는 말을
이곳을 대신해 보냅니다

네가 보고 싶으면

시골에서는
나무, 꽃, 나비, 새, 바람, 별
돌멩이 하나 조차도
온통 너일 뿐이어서
나는 그 모든 것을
쓰다듬고 속삭이며
보고 싶다고 말 할 수밖에 없었어

봄에
네가 보고 싶으면
꽃들에게 다가가 말을 걸기로 했어

여름에
네가 보고 싶으면
나무 그늘에 앉아

흔들리는 나뭇잎을 바라보기로 했어

가을에
네가 보고 싶으면
작고 여린 낙엽들을 주워 오기로 했어

겨울에
네가 보고 싶으면
눈이 예쁘게 내리는 날
하얀 발자국을 남기기로 했어

이제는 눈물보다
미소로 너를 기억하는 날이 많아졌어

생각보다 덤덤해진 나를 발견하며
하늘을 자주 보곤 해

너의 몫까지
행복하게 살아볼게
보고싶어

042

어제와 내일 같은 오늘도

내가 당신에게 쓴 편지 중에 사랑 편지가 아닌
것은 한 통도 없었다.

어느 것 하나 사랑을 말하고 있지 않지만 나의
마음이 그랬다.

그만 쓰고 싶은 하루. 계속 쓰고 싶은 하루.

두 하루가 나의 매일을 지배한다.

딱히 갈 데도 없는 나는 종일 맴돌다가

무료하게 늘어진 나의 일상을 하나씩 주워 담는다.

중요하지 않은 사소한 이야기들.

누구도 귀 기울일 것 같지 않은 이야기들을 너는
들어줄까.

나로서는 알 수 없는 일인데

나는 꼭 답을 아는 것만 같다.

오늘은 계속 쓰고 싶은 하루.

하나둘 써 내려간 글자들이

사각사각 속삭인다.

마음이 엉켜있다는 건 사실 거짓말이라고.

어떻게 풀어도 답은 하나라고.

니 생각을 하느라
요즘 통 잠이 오지 않아.

이 감정을 종이에 덜어놓고 싶어서 글을 조금
끄적여봐.

요즘들어 내가 기분이 좋아보인다고 했지.
너에 대한 감정이 우정이 아니라 사랑이라는 것을
느끼고 나서
난 괜히 말이 더 늘었어.
예전에는 같이 있어도 네 눈을 바라보고 말하는
횟수가 적었는데, 이젠 훨씬 더 많아진 것 같아.
하지만 그걸 너도 알아챘을까 궁금하기도,
무섭기도 해.
아직까지는 너에게 내 감정이 들키지 않았으면
하거든.

내 감정이 좀 더 성숙해졌을때, 용기있게 너에게
말할 수 있는 날을 기다려.

좋아하는 영화를 보고, 맛있는 밥을 먹고
함께 좋아하는 카메라를 잡고있는 있는 지금도
좋지만,
언젠가는 따뜻하게 손을 맞대고 솔직하게 눈을
바라볼 수있는 그날이 한번이라도 있길 기도해.

시간이 갈수록 이 마음이 많이 깊어지고 간절해져.
하지만 아직도 난 너와 같은 여자라는 이유
하나때문에 이 마음이 점점 무서워져.
그리고 내 감정이 너에게 해가 될까 많이
걱정되기도 해.
그래서 매일 넘치는 감정을 주체하지
못하고 이렇게 전하지 못할 편지를 쓰나봐.
널 많이 좋아하는 친구로 오늘도 남는다.

네 옆에서 오늘도 설레는 잠을 자야겠다. 잘자.
오늘도 즐거웠어.

이 아름다운 바다

너에게는 하얗게 거품내며 일렁이는 푸르름이 있다.

아름다운 너를
오늘도 멀리서 멍하니 바라만 보아.

하늘과 나란히 맞닿아 시시각각 변하는
너의 색을 세어본다.

바람과 만나 시원하게 웃는 내 소리를 향해
내일은 끝없이 나아가련다.

비가오고 바람이 불어 파도가 날 삼켜도
언제나 너의 주위에 떠있는 배가 될래.

바람아 내일은 더 불어다오.
이 바다가 나를 간지를 수 있게.

차마

그해 겨울은 수상한 계절이었다.
눈은 내리지 않았고,
눈에 먹히지 않은 소리들은 길목을 질주했다.
거리는 입을 움직이는 사람들로 가득했고,
이내 알 수 없는 것들로 채워지기 시작했다.

하얀 가로등은 중국어로 의미 없는 말들을 쏟아뱉고
나는 비웃으며 그 밑을 지났다.
어두운 거리는 맞은편 차 혹은 오토바이 불빛으로만
움직였고
움직이는 그림자들로 나는 사물들을 분간했다.

사용기한을 명목으로 쫓겨난 사람들의 분노 같은
쓰레기들만이 가득한 거리.
병이 그 명목마저 쫓아내자, 외로운 고양이들만이.

눈을 짓누르며 그 길을 걷지만
그 모습을 봐주는 이도, 기억해주는 이도 없었다.

걸음 앞에 나서는 양꼬치 집, 닭꼬치집, 두부집,
그리고 편의점.
3번째 블록을 지나 우회전,
그곳의 다이아몬드 창문을 끼고 좌회전하면
나타나는 5층짜리 원룸 건물.
익숙한 쓰레기들이 가득한 공간을 보면
1000일이라는 시간이 들어온다.

고장난 문을 부쉈던 일.
새우로 만든 스페인 요리와, 루트 비어
그리고
촌스러운 벽지
차가운 샤워기
하지만 따뜻한 냉장고.
그리고 부드러운 쿠키 냄새.

익숙한 앞치마
아름다움을 이루는 이름
나와 같은 하얀 운동화.
우렁각시.

나의 아기.

이기적인 나.

절망이라는 단어로 치환된 7년.

이해할 수 없는 3000일의 시간.

눈을 감을 수 없었던 10월.

비열하게 두 다리로 서

고래고래 소리를 지르던 내 모습.

이제는 없는 공간.

더 이상 볼 수 없는 낡지만 하얀 건물 2층의 거울.

광진구를 걷다 우연히 찍은 스티커 사진

마지막으로 기억나는 모습

성수동 한강을 등지고 어색한 듯 웃어 보이는 긴

머리.

조금 떨리는 듯한 너의 오른손.

눌러 담은 소리.

의미 없는 눈물.

수상한 계절.

그해 겨울 너 없이 보낸 내 첫 시간은

그게 전부였다.

오늘은 시를 많이 썼습니다

시 하나

오늘은 시를 많이 썼습니다
전하지 못하고 마음속에서 주저앉은 말이
이렇게나 많음입니다
다 전하고 싶어도 너는 보다 말아버릴 말들의
모음입니다

너는 늘 조금 일찍 나를 놓았습니다
우리가 서로 껴안을 때 늘 아주 조금,
일찍 나를 놓았습니다

따라해보려 무던히 노력했으나 나는 항상 너의
품에서 죽고만 싶었고,
눈을 질끈 감아 놓으려 하면 너는 이미 내게
뒷모습을 보인 후였습니다

다시는 네게 가지 않을 것 같았지만
너는 또 다정히 팔을 벌립니다

언젠가 너 죽으면, 사인은 네가 너무 바람과
같아서-
라고 생각했습니다

시 둘

나는 너의 안쪽에 한 걸음도 들이지 못할 것입니다
너는 차갑지 않아 녹일 데 없고 따뜻하지 않아
누울 곳 없기 때문입니다

그것은 내 사랑도 이기심도 허용치 않을 것이기
때문입니다

우리는 잘 지낼 것입니다
당신은 내게 원하는 것이 없고, 나는 원하는 걸
드러내지 않을 생각입니다

누가 당신을 사랑할 수 있을까요?

시 셋

별이 뜬 채 비가 내린다면 나는 조금 더 비를
좋아했을 지도 모릅니다
별이 내리는지 비가 내리는지 알 수 없고

너는 내가 너를 얼마나 사랑하는지 모릅니다

아무런 기대 하지 않는 것은 나의 일입니다
이는 내 평생 가장 큰 일입니다

이 말은, 결국 난 절대 이루지 못할 꿈 앞에
놓였다는 것을 의미합니다

시 넷

오늘은 시를 많이 썼습니다

무수히 쓰지 않으면 가진 것도 드릴 것도 없는
나인줄을 늘 알아왔기 때문입니다

그대가 신경이 쓰여 이미 나의 캐모마일은 맛을
잃었습니다

'달리 하고 싶은 말 없다'고 적어 놓았으니

부디 꽃은 봄이 아니라 따뜻할 때 핀다고

읽어주시길

나를 있게 해준 당신에게

날씨가 무던하게도 좋았어요.
사무치는 날들이 참 많았어요.
행복한 사고들이 일어났어요.
우울한 날에도 기뻤어요.
배가 고팠어요.
속상한 날에는 울음에 취했어요.
바람이 기분 좋게 스쳐갔어요.

내 세상은 어때요?
행복해요.
나는 이상한 사람인가요?
항상 고마워요.
당신은 어때요?
여전히 사랑해요.

노란 장미

깊은 밤에서야 연필을 들었다.
낮잠을 잠깐 잔 탓인지
아주 먼 옛날의 일 같다.
안녕, 내일 보자
하는, 아주 작은 헤어짐이었다.
내가 그 아이로부터 등을 돌리고
그 아이가 내게서 멀어져 갈 때,
내 발소리는 유난히 또렷했다.

발소리뿐이었을까, 새소리 사람 소리 차 다니는
소리...
어째서 다들 그다지도 생경하고 선명했는지.
아마 너무 오랜 시간 그 아이와 있었던 모양이었다.
아주 오랜만에, 아니 어쩌면 처음이었을까,
너 아닌 누군가와 단둘이 즐거운 시간을 보낸 것은.

그 아이와의 약속을 잡고.
또 다른 친구의 생일 선물에 대해 이야기 나누던 밤.
그 밤이 지나고 눈을 떠 문득
내가 너에게 꽃을 선물하겠다 마음먹은 것은
우연이 아닐 것이다.

그 아이와 헤어지고 나는
꽃집엘 들렀다.
노란 장미.
그래, 노란 장미의 꽃말은 우정.
게다가 너는 노란색을 좋아했다.
태어나 처음 혼자 들어가 본 꽃집에서는
'지금과 금때 들어오는 꽃이 다르다'며
나중에 방문해달라고 했다.
아무래도 좋았다.

나는 꽃집을 나와 걸어가며
다시 생경한 발소리 새소리 사람 소리를 마주하고
한 송이의 노란 장미에 대해 생각했다.
너에게 꽃 한 송이를 건네는 내 모습이
어쩐지 우스울 것도 같았지만
우정도 일종의 사랑일 것이다.

그때 내가 너에게 건네는 노란 장미는
영원히 시들지 않을 것이다.

2017.02.12(日)

049

너를 사랑하지 않았다면 어땠을까.

우리가 그날 그 어두운 술집

작은 드럼통 위에 앉아 서로를 보지 않았다면

어땠을까.

내가 너의 동그란 얼굴에서 향기로운 냄새를 맡지

않았다면

너의 감기는 두 눈에 무언가 빛남을 알아채지

못했다면.

첫사랑이라는 말이 생각보다 무거움을 느낀다.

이문동 좁은 골목을 지나

초록 파랑 날카로운 유리병 조각이 박힌 돌담을

올라

자그맣게 내려다 보이는 오래된 마을.

그곳 분홍색 대문 앞에서 서로의 모습을 바라보지

않았다면.

첫사랑이 봄바람처럼 지나가지 않았을까.

우리가 보낸 정말 긴 시간은
어쩌면 없는 편이 좋지 않았을까.
함께 걸었던 길들이 외롭지 않도록
같이 보았던 벚꽃이 피지 않도록
너의 웃음소리가 들리지 않는
나의 날들이 될 수 있지 않았을까.

차라리 너를 영원히 만났다면
우리가 이야기한 작고 푸른 정원
가까운 친구들의 웃음소리
작게 두근대는 너의 가슴
꽉 잡은 두 손
그리고 너의 아름다운 향기
뭉클한 이야기들.
눈을 감으면 가라앉는 풍경들.

y에게

내가 어설프게 담겨있는 쓴 물 한 컵쯤이었다면
너는 바다,
바다쯤 되었다

순진한 물결에 아픈 절벽 하나 없어
잔잔한 호수처럼 보였다만

네가 내게로 열어준 수면의 문
그 위로 주저 없이 뛰어들었을 때, 나는
그리도 생생한 바닷속이었다

푸르게 가려진 깊이와 채움
물속으로 내리쬐는 태양 빛
상상해본 적 없는 영상의 일렁임

네 안에서 유유히 활개 치는 생명체들은

다양하면서도 올곧아 마치 하나처럼 보였고
나는 그것들을 보고, 쓰다듬으며 감탄했다

너를 들이마시고 네 안에서 헤엄칠 때마다
깊은 파도가 나를 적셨고, 덮었고, 품었다
이제 내게서는 바다 냄새가 난다

깊이 들어갔다 나올 수 없을까.

051

당신이 볼 리 없는 편지를 썼습니다.

당신에게.

이 편지를 어떻게 시작해야 할지는 모르겠지만
어떻게 끝내야 할지는 확실히 알 거 같았어요.

이유는요. 마지막 문장을 가장 먼저 생각했거든요.
그러니까 아무래도 그 문장을 지금 말하는 건
적절하지 않은 거 같아요. 신기하게도 이 책의
기획을 알게 되었을 때 당신에게 이 편지를 쓰게 될
것이라고 직감했습니다. 가장 먼저 떠오른 마지막
문장 앞에서 말이죠.

기획자의 목소리가 차분한 밤의 공기를 뚫고 제
귀에 닿을 때 당신의 얼굴을 떠올렸습니다. 그
순간을 선명하게 기억합니다. 봄이라는 게 무색하게
차디 찬 날씨를 체감하던 3월의 어떤
날이었으니까요. 제가 당신에게 편지를 쓴다 한들
보내지 못한다는 사실도 이미 알고 있었는지도
모르겠네요. 그 옛날 노랫말처럼 슬픈 예감은

대부분 틀리지 않았으니까요. 그런 직감은
야속하게도 항상 예외를 허용하지 않았으니까요.
참 이상한 일이죠. 부치지 않을 걸 이미 알고도 쓸
수밖에 없는 편지에는 어떤 걸 담아야 할까요.
부치지 않은 편지는 어쨌든 부치지 말아야 할
이유가 있을 겁니다. 만약 당신에게 이 편지를
보낸다고 마음먹었다면 이 정도로 솔직한 저를

보여드리지는 않았을 거예요. 근데, 지금 확실하게
말씀드릴 수 있는 게 있습니다.
살아오면서 제가 진짜 전달하고 싶었던 편지를 보낸
적은 단 한 번도 없다는 사실입니다. 왜냐하면 진짜
제 마음을 담아도 있는 그대로 전달될 가능성은
매우 희박하니까요. 경험의 통계적 수치는 이상한
신념의 근거가 되었습니다. 당신에게 부치지 않을
것이고, 당신이 볼 수 없다는 확신이 드니까 오히려
이 편지는 제 마음의 크기나 모양이 어떤 손실도
없이 담아낼 거 같은 확신이 생겼습니다. 그래서, 이
편지를 씁니다.
저는 당신을 잘 알지 못합니다. 당신이 보여준
일부의 당신을 생각했습니다. 잘 알지 못하는
당신을 참 오래 생각했습니다. 생각한다고 해서
결과가 크게 달라질 거라는 기대를 하지는

않았지만, 할 수 있는 게 고작 그거 하나였습니다.
당신을 생각하는 일. 습관처럼 하던 그 일은
겉으로는 별로 티가 나지 않았으니까요.
이런 저에게 어떤 누군가는 그렇게 말할지도
몰라요. 생각만으로 관계가 발전하지는 않으니 부디
행동으로 옮겨 보라고요. 글쎄요. 저라고 그런
생각을 하지 않았을까요. 달라지는 건 없습니다.
저의 구체적인 행동 변화가 이미 정해진 결과에

어떤 영향을 줄 수는 없습니다. 용기를 내어
당신에게 진심을 보여주고, 마음을 표현한다고 해서
달라질 거라고 낙관하시나요. 저는 비관합니다.
당신이 제 마음을 안다고 해도 달라지는 건 전혀
없습니다. 진심이라고 해도 당신에게는
무의미합니다. 처음부터 존재하지 않았던 당신과 저
사이의 의미가 갑자기 생기지는 않습니다. 어쩔
때는 진심이라는 말만큼 공허하고 비현실적인
단어가 또 있을까 싶네요.
저는 또 한없이 깊은 생각의 늪으로 빠져듭니다.
진심이라는 건 이미 완성된 관계를 돋보이게 하기
위한 세련된 포장지에 불과하다는 성급한 결론을
내려봅니다. 그러니까 제가 진심으로 당신에게
마음을 활짝 열어 보여도 당신의 마음과 포갤 수

없다는 당연한 사실이 저를 기다리고 있을 거
같았습니다. 그렇지만, 이 편지를 씁니다.
당신의 배려를, 당신의 언어를, 당신의 온기를
오해했습니다. 오독했습니다. 제 마음대로
해석했습니다. 제 마음대로 해석하고 싶었습니다.
해석은 주관성이 가장 깊게 스며든 행위라는 걸
짐작했으면서도 모른척했어요. 당연하게도 저 역시
평범한 인간인지라 해석에 오류가 있을 확률은 매우
높습니다. 당신을 향해 계속 뻗어 나가고 있던 저의

마음을 어떤 왜곡도 없이 제대로 표현할 수 없을 뿐
더러 낮은 확률로 그게 가능해도 예정된 결과를
바꾸기에는 별다른 소용이 없다는 걸 알았습니다.
그런데도 멈추지 못했던 걸 보면 제 마음을 이성의
영역으로 끌어오는 게 굉장히 버거웠던 게
분명합니다.
마음은 감정이니까요. 감정은 논리가 없으니까요.
그냥 그렇게 되었으니까요. 시작이 불분명했던
감정의 탄생이 언제였는지 기억조차 할 수 없듯이
이제 와 당신에게 가다 만 마음의 파편들을 온전히
다 주워 담을 수는 없습니다. 소멸을 앞둔 그 마음이
반짝이고 있어서 어렵지 않게 볼 수 있다고 해도
완벽하게 회수하는 게 불가능에 가깝다는 건 저를

더 절망하게 만듭니다. 그렇지만, 이 편지를 씁니다.

종종 비현실적인 영화의 마지막을 상상했습니다.

당신과 내가 따뜻한 눈빛을 교환하고, 당신과 제가

하나의 점이 될 때까지 카메라가 계속 뒤로

물러나는 그런 장면을 떠올렸어요. 단조로운 피아노

선율이 유려히 흐르고, 석양이 점점 짙어지고, 두

사람이 아무리 작아져도 선명하게 보이는 그런 장면

말이죠. 사랑을 다룬 희극의 전형적인 마지막 장면.

사람들은 그 장면이 현실과 상당한 거리가 있어도

개의치 않고 환호합니다. 왜 그러는지 조금 더 와

닿습니다. 많은 사람이 인위적으로 구성된 그

장면을 보면서 잠시나마 건조한 현실을 잊고 싶었을

테니까요. 지금 제가 그렇듯이.

저도 굳이 생략된 해피엔딩의 뒷이야기는 상상하지

않았어요. 아무리 상상력이 풍부한 저라도 꾹

참았습니다. 어차피 엔딩 이후의 이야기는 저에게

애초부터 존재하지 않았으니까요. 없는 걸 상상하는

건 괴로운 일이니까요. 이 편지를 쓰다가 또 하나

깨달은 명확한 진실이 있습니다. 제가 당신을

바라본 최초의 그 순간부터 이 이야기의, 이 관계의

시작과 끝을 모두 알고 있었다는 것. 당신과 저의

관계를 연인이라는 이름으로 결코 재정의할 수

없다는 걸 이미 알고 있었습니다. 당신과 나의
인연은 친구가 최선이었다는 걸 인정합니다.
그러나, 이 편지를 씁니다.
흔히 쓸데없다고 말하는 그런 일. 가끔 할 수도
있잖아요. 쓸데없는 일이라고 저마저 외면하고 그
일을 하지 않는다면 어떤 누가 대신 할 수 있을까요.
쓸데없는 일을 해서라도 혼자 남겨진 제 마음을
안아주고 싶었습니다. 당신에게 부치지 않을 편지를
쓰고 있는 이런 쓸데없는 일. 저밖에 할 수 없는
그런 일이요. 마지막 문장을 가장 먼저 생각했다는
건 결과적으로 거짓말이 될 거 같습니다. 그 마지막
문장은 이 편지를 계속 고치면서 사라졌으니까요.
당신이 볼 가능성이 거의 없는 이 편지에서조차

저는 그 최초의 마지막 문장이 끝인사로 어울리지
않는다고 판단했나 봅니다. 처음 당신에게 편지를
보내지 않겠다는 역방향의 의지 덕분에 오히려
쓰고자 했던 욕망을 견인했던 그 마지막 문장은
깨끗하게 사라짐으로써 이 편지를 완성했네요.
어쨌거나, 그런 이유로 이 편지를 씁니다.
새로 쓴 마지막 문장은,
마지막 문장은,
이 소설의 제목이 될 거 같습니다.

당신이 볼 리 없는 편지를 썼습니다.

3월 어느 날 밤,
차가웠던 봄,
당신의 친구가,
처음부터 당신의 친구인 게 최선이었던 제가.
당신에게.

052

창가에 꽃이 피어있었어.

그리고 내옆에는 꽃잎과 똑같은 색의 옷을 입은
네가 앉아 내 얘기와 네 얘기를 섞으며 함께 웃고
있었어.

우리는 공기가 차갑다며 손을 맞잡았고 너는 매번
내 팔에 팔짱을 끼며 딱 붙었지
빨리 오라며 내 손을 꽉 쥐고 앞서 걷는 네
뒷모습을 차마 볼 수가 없어서 고개를 숙이고 애써
사진 찍는 척을 했어
사진을 잘 남기지 않는 우리를 아냐며, 오랜만에
너랑 나는 함께 프레임 안으로 성큼 들어갔지
딱 붙은 어깨와 내가 먼저 낀 팔짱 입술을 살짝
깨물고 웃고 있는 너 그리고 그걸 내 두눈으로 볼 수
없어 화면을 통해 눈에 담는 나
네가 얘기를 하려 고개를 돌리면 그제야 나는
고개를 돌려 너를 편하게 바라봤어

혹여나 눈이라도 마주치면 널 붙잡고 입이라도
맞출까 싶어 한 뼘 떨어져 앉았어

네가 보여주는 네 사진들, 내가 보여준 네 사진들
잊을 수 없을 것 같아
네가 쓰는 향수와 함께 간 모든 곳들
네 어깨에 기댄 나를 물끄러미 바라보는 너
행여나 목이라도 막혀 말을 멈추면 내 손을
잡아주던 너
너에게서 받은 따듯한 위로와 공감

헤어지기 직전 내가 말했지
나는 오래가는 사랑을 하고 싶다고
너도 알고 있겠지만 나는 사랑만능주의자라 내
세상엔 언젠가 반드시 순수하고 진실된 사랑이
올거라 믿고 있어
나는 그 대상이 너라는 걸 숨기고 조심스레 말했고
마주안은 채 사랑해, 하며 조용히 얘기했어

그런데 내가 뱉은 말에 파도가 이는 것도
내쪽이라니

내가 너에게 했던 모든 말들은 전부 진심이야.

그러니 내 사랑을 막지말아줘

하늘에게 부탁했어 이번만은 제발 행복하게

해달라고

오늘은 절대 잊지 못할 거야.

그대 지난날들을,
그대의 아픈 얘기를
모르고 싶은걸

- 애즈원 <원하고 원망하죠> 중

053

잘 지내니?

잘 지내니? 나는 잘 지낸다. 너도 그렇지. 어제는
문득 너에게 받은 편지들이 생각나 다시 읽고
싶어졌다. 수십 통의 편지가 담긴 상자를 찾아
꺼내려다가 말았어. 네 글자들을 다시 어루만져서
뭘 하겠니. 꽁꽁 숨겨진 상자 속 몇 통의 편지로
남은 너를, 뚜껑 위로 쌓인 먼지를 털어낼 생각도
안 하고 꺼내 읽으면 나는 너의 걸음걸이도 너의
웃음소리도 아닌 내가 보낸 답장들이 그리워져. 아픈
엄마가 목욕탕 바닥에 널브러져 있던 날 부랴부랴
퇴근한 아빠는 엄마를 들쳐업어 병원에 가고 나는
빈집에서 나와 바들바들 떨면서 너를 찾았었지.
그때 네가 사온 배스킨라빈스 아이스크림이 무슨
맛이었는지는 기억나지 않는데 뽀뽀해달라는 내
말에 어머님 아프신데 뽀뽀를 해도 되냐는 네 대답은
아직까지 기억나. 아직도 달걀 요리 좋아하니?
내가 써준 편지들은 다 버렸어? 그때 내가 얼마나

사랑스러웠는지 물어볼 사람이 너뿐이라는 게
아쉽다. 사람이 미치도록 사랑스러웠던 순간이
흐르는 시간으로 인해 꽁꽁 숨겨져야 하고 또
잊혀야 하는 거 참 슬퍼. 그래도 나는 나와 우리를
까먹어야겠지. 그날의 아이스크림 맛처럼, 먼지가
잔뜩 쌓여도 내버려 두었듯이. 저 멀리 두고 온
사랑스러웠던 나를 찾으려 시간을 헤집는 나는
조금도 사랑스럽지 않을 테니까. 사랑의 모양은
자꾸자꾸 변하고 사람도 자꾸자꾸 사랑스러울 수
있어. 그렇게 믿을래. 어제 내가 다시 읽고 싶었던 게
너에게 받은 편지가 아니라 너에게 보낸 편지였나
보다. 이렇게 또 쓰고 있으니까 말이야. 하지만 이건
정말 마지막 글이 될 거야. 어차피 우린 어떠한
모양도 새로 만들어낼 수 없잖아. 잘 지냈냐고
물으면서 시작했지만 답장은 궁금하지 않으니
괜찮아. 미안. 안녕.

054

하지만 너에겐 무한한 애틋함을 느껴

2018년 7월 9일

아직도 '너'라는 말을 보면 속절없이 너를 대입하고
만다. 방금 전에도 속초 서점에서 사온 책을 읽다
눈물이 돌았다. 글의 서두는 이렇다.

태어나서 함께 술을 가장 많이 마신 사람을 꼽자면
아직까진 굳이 세어보지 않아도 너. 술자리에 함께
있었던 횟수 1위, 내 뒤치다꺼리 횟수 1위, 서로의
새벽을 가장 오래 채운 사이.*

나도 모르게 문장을 고쳐 썼다. 태어나서 가장
오래 어깨동무한 사람을 꼽자면 따져 볼 필요 없이
너. 함께 술을 마신 횟수가 가장 많은 사람도 아마도
너. 내 하소연 상대 1위였던 너. 서로의 상처를 가장
먼저 들어준 사이였던 우리.
너나 나나 술을 아주 많이 마시는 편도, 통금을

*재은, 〈1인 2역〉, 《취하지 않고서야》,
윔그레이앤블루, 2018, 27쪽

어길 만큼 고집 센 편도 아니라 우리가 서울
한복판에서 술을 먹다가 고주망태가 된 적은 없었다.
그냥 우리는 그렇게까지 술을 많이 먹지 않아도 뭐든
털어놓았고, 아무 말 없이 서로 팔을 겹치거나 등을
맞대고 앉아 있어도 괜찮았으니까. 그래서 그 글의
서두를 읽고 네가 생각날 수밖에 없었다. 내게 아무런
수식어 없이 '너'라는 말로 충분한 사람은 아직도
너뿐이니까.

하필 글의 배경이 부산이었다. 너랑 해운대
바닷가에 패딩을 입고 나란히 누워 달뜬 목소리로
이야기하던 새벽이 생각나 버렸다. 고등학교 동창
네 명이서 떠난 일박 이일 여행이었다. 태종대에서
깡통거리에서 자갈치시장까지, 아무튼 남들 가는
곳은 죄다 가보겠다고 오기를 부린 덕분에 맥주는
마시지도 못하고 다들 이불 위로 쓰러졌다. 그래도
너와 나는 이 새벽이 아깝다고 노래방을 갔다.
노래방, 그 단어야말로 우리가 가장 행복했던 때를
상징한다. 맥주를 마셔가며 중간 중간 정신도 잃어
가며, '스케이터 보이'를 부르며 팔짝팔짝 뛰었다.

바다를 봐야겠다며 해운대 유흥가를 졸졸 걸어
해변으로 갔다. 막 고등학생 티를 벗은 여자애 둘이서
겁도 없이. 바람이 쌩쌩 부는 한겨울 해운대를. 대체
왜 모래사장에 눕고 싶은 마음이 든 건진 모르겠다.

패딩 모자를 뒤집어쓰고 바다에 누워 파도 소리를
들었다. 그 순간이 꿈결처럼 환상적이었던 것만은
기억난다. 내가 가고 싶은 곳이 왜 다 춥고 힘든데
풍경은 아름다운 곳일까 고민한 적이 있는데, 그날
해운대든 묵호등대든 너랑 거대한 바다를 느낀
시공간이 다 그랬다. 춥고 힘든데 우리 앞의 풍경은
경이로웠다.

　안 그래도 너 아닌 누군가와 단둘이 온 여행이
처음이었다. 종종 너를 떠올려 버린 참이었다. 책을
읽다 순식간에 눈이 젖은 것도 그 때문이었다. 어이가
없었다. 바다에서 서울로 돌아오는 시외버스는
만석이었고, 도로는 막혔고, 어디선가 오징어순대
냄새가 났고, 눈물을 말리겠답시고 고개를 들었더니
에어컨 구멍이 보였다. 하긴 마음은 장소를 가려
닥치는 게 아니라 가끔은 이렇게 어처구니없을
수도 있지. 내가 이렇게 청승 떠는 걸 알면 너야말로
어처구니없어 할지도 모른다.

　아직도 너 외에 '너'라고 부를 만한 사람 없이
살아가고 있다.

2019년 4월 19일

　어쨌든 네가 있으니까 내가 스스로를 외로운
사람이라 깎아내릴 근거가 없었다. 네가 실은 나와는

꽤 다른 사람이라 해도 그것이 너와 이미 형성된
관계에 흠을 낼 어떤 이유도 되지 못했다. 네가 나의
모든 것을 이해하는 사람이라 믿었다. 아마 그게
우리 관계가 이렇게 된 이유다. 네가 어느 날 나의
메신저와 SNS를 차단한 이유다.

이제야 정말로 외로움이 두렵다.

2019년 5월 1일

일 년 만에 너를 만났다. 우리는 사과도 원망도
말하지 않았다. 왜 연락했냐는 네 말에 '그냥, 어떻게
사는지 궁금했다'라고 비겁하게 대답했다. '어쨌든
너나 나나 생각은 안 바뀌었을 것 같고'라는 말에
너는 고개를 끄덕였다. 반미를 먹고, 빵을 먹고,
커피를 마시고, 너의 자취방에 가서 와인과 치즈를
먹었다.

우리는 톤을 높여 별로 중요하지 않은 것들에
대해 얘기했다. 회사, 와인 동호회, 등산 동호회,
독서모임 같은 것들. 내내 심장이 울렁거렸다. 정말
말해야 할 것이 있을 때처럼. 발표 순서를 기다릴
때처럼. 토론에서 발언 타이밍을 노릴 때처럼. 손끝이
자근자근 떨리고 안절부절 못하는 상태로 너의 말이
끊기는 순간을 자꾸만 찾았다. 무엇을 말할 용기도
없으면서.

2019년 10월 4일

작년 봄, 통영의 외진 버스정류장에서였다. 너는 내게 글 한 편을 보냈다. '착한 여자들은 지가 제일 불쌍한 줄도 모르고 다른 약자를 챙긴다, 그래서 착한 여자들은 안 되는 거다'라는 요지의, 완곡어법 따위 없이 쏘아붙이는 글. 다 읽자마자 물었다.

그래서, 난 너무 착해?

어.

일말의 망설임도 없는 대답. 머리가 확 뜨거워졌다.

왜 네가 '그 글'을 보낸 데 그토록 상처받았는지 생각해 봤다. 네가 나를 이해해 주지 않았다고 느껴서였다. 네가 지적한 걸 내가 생각해 보지 않았을 것 같아? 다 고민해 봤다고, 다 생각해 봤지만 지금의 태도가 맞다고 결론 내렸을 뿐이야. 나도 고민했을 거란 생각이 안 들어? 어떻게 네가 나를 그렇게 모자란 인간으로 볼 수 있어?

내가 모든 걸 정확히 파악하고 있다는 오만. 네가 나를 이해하지 못하는 것이 당연했고, 어쩌면 네가 나를 더 잘 알 수도 있었는데, 왜 내 무지를 인정하지 못했나. 내가 무지하다는 걸 알았으면 '문또(문○○이 또)'라며 비아냥거리지 않을 수 있었을까. 그래서 네가 나를 차단하지 않을 수 있었을까.

아는 것만으로는 내 마음을 어찌하지 못했을 거다. 그 시절 우리가 멀어지는 걸 막지 못했을 거다. 전부 내 탓이라는 생각마저도 오만이다. 너와의 관계는 나 혼자 책임진 게 아니었기에. 나 혼자 유지할 수 있는 것도, 나 혼자 끝낼 수 있는 것도 아니었다.

2020년 1월 18일

더는 네가 밉지 않다. 너도 비슷한 마음일 거라 짐작한다. 우리가 절대 예전으로 돌아갈 수 없다는 것도 안다. 이런 사랑 노래 같은 문장을 너를 향해 쓴다는 게 매번 웃긴다. 세상 사람들이 연애 후에 안다는 감정을 나는 너 때문에 알았다. (난 그냥 내가 인정머리 없는 년이라 공감 못 하는 줄 알았지…)

너에 관한 글을 몇 편이고 쓸 수 있다. 절대로 너에게 직접 말하거나 보내지 않을 거다. 그럼에도 너는 어디선가 읽겠지. 사실 놀랐다. 지난번에 만났을 때, 네가 나의 글을 읽고 있다고 말해서. '오늘 나 만난 것도 써라. 하하.' 그 말에는 너를 감히 글감으로 삼았다는 질책과 내가 너에 관해 쓴 글을 읽고 싶다는 호기심이 들어 있었다.

네 이야기를 쓰다 보면 이상한 기분이 든다. 지금의 네가 아닌 과거의 너를 향해 쓰는 글이니까. 방금 전까지도 너는 나의 인스타그램에 흔적을

남겼다. 연락할 수 없는 사이가 아니다. 한데 지금의
너에게 이런 말을 직접 건네는 건 상상할 수 없다.
이런 건 '시체 팔이'가 아닐까? 네 이야기는 이제 그만
쓰려고 한다. 진짜 많이 생각나면 가끔 언급은 할지도
몰라. 그래도 많이 조심할게.

처음 만났을 때 너는 부자가 꿈이라고 했다.
충격적이었다. 어떻게 그저 돈을 많이 버는 게
꿈이지? 작가라든가 화가라든가 가수라든가
대통령이라든가 그런 게 아니고? '뭘 해서' 돈을 많이
벌고 싶은 게 아니라, 뭘 하든 '돈만 많이 벌고 싶'을
수가 있나? 거듭, '뭘 해서' 돈을 벌 거냐고 물었던
기억이 난다. 너의 대답은 물 사업, 이었는데 사실
너에겐 그리 중요한 게 아니었겠지.

꿈이 뭐냐는 질문에 부자라고 대답하는 애와
작가라고 대답하는 애는 너무 다른 사람 아닌가.
가히 호모 이코노미쿠스와 옛날 사람의 만남이라
할 법하다. 부자가 꿈이라니, 정말 특이한 애라고
생각했는데 지금 보니 내가 더 특이한 애다. 모두가
건물주를 꿈꾸는 세상이니까. 그런 우리가 고등학교
내내 붙어 다녔다. 대학교에 가서도 서로의 '절친'
자리를 지켰다.

부자 되는 게 가치 있는 일인지는 이제 별로
따지고 싶지 않다. 어쨌든 네가 원하니까 이뤄졌으면

좋겠다. 돈을 많이 벌어서 돈으로부터 자유로워져
보겠다고 했지. 옷이란 계절별로 네 피스만
있으면 되고, 휴지는 교회에서 가져오면 된다고
의기양양하게 웃던 너. 사실 좀 뜨악했지만 뭐 어때.
뭐든 좋은 걸로 맘껏 사서 쓸 정도로, 꼭 네가 원하는
대로 잘 살기를 바란다. 정말 진심으로.

　너무 많은 섹스 장면만 빼면 내가 참 좋아하는
영화, 《가장 따뜻한 색, 블루》에 이런 대화가
나온다.

　아델: 더는 날 사랑하지 않아?
　엠마: 사랑하지 않아. 하지만 너에겐 무한한
애틋함을 느껴. 영원히 그럴 거야.

　세상에서 가장 다정한 이별 선고를 들은 주인공은
펑펑 운다. 너를 생각하면 자꾸 이 따뜻하고 슬픈
대사가 떠오른다. 하지만 너에겐 무한한 애틋함을
느껴. 나는 이 문장의 의미를 너 덕분에 알았다.
예전처럼 강렬하지 않아도 여전히 소중한 관계도
있는 거였다. 안녕, 건강하고. 부귀영화 누리고.

디케, 당신의 저울은
언제나 수평인가요?

　　나는 항상 어딘가로 쏟아져내립니다 우리가
함께한 밤들이 있습니다 그 밤 속에서 나는, 그리고
당신은 종종 서로에게로 고개를 기울였습니다
밀어도 미뤄도 밤은 고개처럼 자꾸 기울고 그것이
아쉬워 조금만 조금만 더 하고 유예시키기를
몇 번, 정신차리면 그것은 당신처럼 아주 가고
없던 하루가 있습니다 나는 자꾸 쓰러지려고
그리하여 당신 발치에 닿으려고 하지만 나는 밤이
아니고, 지금은 또 영영은 먼저 당신에게로 닿을
수 없을 듯합니다 그러니 그대는 부디 건강하시고
때때로 소리내어 우십시오 웃음보다 울음을 종용하는
내가 이해되지 않아도 그 울음은 다시 밤을 타고
밀려와 나를 일으킬 것이고, 그럴 때에 나는 비로소
인생에서 다시 없을 순간이 있다던 당신을, 그 거대한
위로를 안아보겠습니다.

그때의 너는 나에게
갑작스럽게 전화를 했었어

그때의 너는 나에게 갑작스럽게 전화를 했었어.
너무 힘들다고 했었나 아니면 아무것도 모르겠다고
했었나. 전화를 받자마자 처음 듣는 듯한 네 목소리와
정제되지 않은 감정을 들으면서 나는 조금 놀랐었어.
그리고 조금은 안심했던 것도 같아. 네가 나를 아직
이렇게 전화해서 속마음을 털어 놓을 수 있는 존재로
여기고 있구나 하는 마음. 그런데 동시에 그 어떤
겉치레도 하지 않은 목소리로 나에게 그동안의
마음을 이야기하는 네가 걱정 되었어. 그전에는 네가
그랬던 적이 없었던 것 같거든. 그동안 너는 마음을
숨긴다고 생각했던 것 같아. 많은 사람들을 만나고
많은 일을 하면서 너는 너무 버겁다고 얘기했던 것
같아. 그만두고 싶다고 했던 것 같기도 해. 나는 내가
해줄 수 있는 최대한 진심이 담긴 위로와 조언을 하려
노력했고 너는 내 말을 듣고는 그렇게 해봐야겠다고
했었어. 전화를 끊고 프로필 사진에서 활짝 웃고 있는

너를 바라봤어. 네가 올리는 네 사진들 속 너는 항상 꾸미지 않은 웃음을 짓고 있었어. 사진을 찍는 순간에 최대한 자연스러워 보이기 위해 짓는 웃음 말이야. 사실은 나는 그 사진들 속 네가 걱정 되었어. 난 지금도 그런 네 사진들을 보며 너와 오랫동안 연락을 하지 않은 채로 너의 마음에 대해 생각해. 넌 지금 괜찮을 걸까. 정말로 웃고 있는 걸까. 우리 이렇게 지내도 괜찮은 걸까. 그 이후로 너와 나는 오랫동안 통화를 한 적이 없던 것 같다. 나는 곧 있으면 먼 곳으로 꽤 오랫동안 떠날 계획이야. 아직 너에게 알리지 않았어. 이제 우리는 서로가 필요한 순간이 점점 줄어들고 언젠가는 기억도 잘 나지 않는 사이가 될까? 지금이 우리 사이의 냉각기라면 이 시기는 어떤 의미인걸까. 많은 의미를 부여해보려고 노력하지만 이젠 알아. 특별한 의미가 없다는 걸. 너와 나는 점점 공유할 수 없는 삶을 살게 될 거라는 걸.

난 이제 내 사진을 프로필에 올리지 않아.

057

나의 불행과 닮은 당신에게

안녕하세요. 저는 'S'입니다. 당신과 몇 일전
사랑을 끝낸 사람이죠. 짧으면 짧았고 길면 길었던.
그 몇 개월 동안 당신을 참 많이 힘들어했던 나는
이제 당신을 보내고 나서도 당신을 힘들어하는
사람으로 바뀌어 있네요. 정확히는 당신과 연애하던
순간보다, 떠나간 당신의 발자취를 더듬는 과정을
밟다보니 마음이 많이 아팠다고 할 수 있겠어요. 그
전 연애로부터 자유로워 보였지만 끝내 자유로워지지
못했던 당신의 서른다섯 해를 생각하게 한 날입니다.

처음 당신을 보았던 날 당신은 참 고요해보였어요.
마음속에 여자에 대한 큰 상처와 어린 시절의
상처를 깊숙이 숨기고 있는 줄도 모르고. 난
당신이 참 태평한 사람이겠거니. 하고 생각했어요.
그래서 참 설렜어요. 나의 소란을 당신이 잠재워줄
사람인줄로만 알고 기대보기로 욕심 부린 거죠.
하지만 시간이 지나고 우리의 사랑에 세찬 비바람이

몇 번 내렸다 그쳤다.를 반복하자 그 상처들은 곧
모습을 드러내고 말았네요. 서로 기가 막히게 나는
남자에 대한 상처를, 당신은 여자에 대한 상처를
극복하지 못했다는 사실 말이에요. 앞으로도
그러기는 힘들 거라는 걸. 서로 극복하기에는
상처가 너무 깊어서 거기서 나오려면 평생이 걸려도
모자랄 수 있겠다는 걸 그 사이 알아채버렸어요.
저는 무서웠습니다. 또다시 누군가 내 소란에
잠식되어버려서 아파하는 건 아닐지. 너무나 큰
고민이 되었고 이내 마음이 식어버렸어요. 더 이상
시간을 끌기 싫었던 거죠. 이상하게 이런 일에는 참
냉정합니다. 저란 사람은.

　내 소란이 당신에게 넘어가고 당신은 그 속에서
영문도 모른 채로 열심히 소용돌이쳤습니다. 그저
사랑받기만 바랐던 당신은 슬퍼하며 몸부림 쳤었죠.
그러다 나를 세게 할퀴기도 했고요.

　이상하게 인연이 수명을 다할 때, 마음을 많이
썼던 사람들은 다시 만날 수가 없더라고요. 어떤
종류이든 정을 준 사람에게 '다음에 좋은 모습으로
만나요.' 라고 하면 다시 만난 적이 한 번도 없었어요.
헤어지고 나서 잘 살고 있는지. 결혼이라도 했는지.
아이는 또 생겼는지. 멀리서라도 알고 행복하게

살아라 축복해주고 싶었는데 그럴 기회가 단 한 번도 없었습니다.

그래서 나는 당신에게 다시는 만나지 못할 사람. 이라고 먼저 이름을 붙입니다. 당신은 나와 같은 불행을 공유했으니 나의 불행과 닮은 당신이기도 하니까 그것도요. 우리는 서로 타인에게서 받은 상처로 인해 만났고, 또다시 그 상처로 인해 서로를 할퀴고 재촉하고, 구속하고, 또 타인이 되었으니 적당한 이름일 것 같습니다. 당신이 아팠던 이유 나는 충분히 이해합니다. 하지만 우리 서로는 계속 만났다면 어려웠을 거라고 저는 감히 장담합니다. 그래서 아픈 맘을 부여잡고도 이별을 고했던 것이었고요. 나는 당신이 조금 더 너그러운 사람에게 사랑받길 응원합니다. 이렇게 멀리서나마 글로써 배웅하는 작가의 부족함을 용서해주시길. 그리고 평생 동안 제 글이 당신의 눈에 띄지 않길 바라요.

나를 떠난 이들은 이상하게도 결혼을 빨리 하더라고요. 저를 잠시 밟고 지나간 돌다리라고 생각하고 좋은 인연 만나시길. 어디선가 또 태연한 미소를 띠며 인연을 대하고 있을 수도 있겠죠. 모쪼록 행복하시길 바랍니다. 그러면 저도 좀 더 행복해질 수 있을 테니까요.

058

K에게
2

읽다 보면 하고 싶은 말이 그래서 무엇인지
궁금해질 테니까 결론부터 이야기할게. 앞으로
공적인 일이 아니라면 서로 만나거나 연락하는
일은 없었으면 좋겠어. 갑작스럽게 이런 말을 해서
미안해. 진작에 말하지 못하고 숨겨온 것도 미안하고.
비난할 건 비난하고, 이 말을 하기까지 많은 시간이
필요했다는 건 그것대로 이해해줬으면 좋겠다.

내 마음을 들켜버린 작년 봄 이후로 마음이
쉽게 접히지가 않았어. 이 사실을 모르는, 혹은 다
알면서도 모른 척하는 너의 말과 행동 중에는 그래서
상처가 되는 것들이 늘 있었지. 사과를 요구하고
싶을 만큼 큰 실수도 있었어. 그렇다고 너를 무조건
탓할 생각은 없거니와 이 일에서 나의 책임이
무엇이었는지는 나도 잘 알아. 말하고 싶은 건 이
다음부터야.

예전엔 그 상처를 꾹꾹 숨기기에 바빴어. 그땐 좋아하는 마음이 그 무엇보다도 우선이라 상처를 외면해야 계속해서 널 좋아할 수 있었으니까. 그런데 어느 순간부터 내 아픈 곳이 더 크게 보이더라고. 나를 좀 돌봐야겠다는 생각이 들었어. 상처를 받아도 그것마저 다 나의 행복을 위한 일이라고 생각해왔는데 이제 스스로를 속이는 일은 그만두려고 해. 너를 좋아하는 내 모습이 더 이상 좋아보이지가 않아.

그래서 네게도 부탁하는 거야. 이제 그만 서성거리고 싶어. 깨끗하게 마음 정리하고 발길 돌릴 수 있게 도와줬으면 좋겠어. 나는 너랑 수다 떠는 게 정말 즐겁고 좋아. 너의 그 시답잖은 농담 듣는 재미는 아마 세상 그 어떤 즐거움과도 쉽게 바꾸지 못할 걸. 그런데 앞으로도 우리가 이렇게 친구로 지내면 나는 계속 예상치도 못한 순간에 상처받게 될 거고 여전한 내 마음 확인하며 괴로워해야 할 거야.

그저 진심 어린 눈빛이 나는 간절했어. 그래서 끈질기게 모른 척할 수 있었던 것일지 몰라. 너의 눈에서 늘 빛나고 있던 그 잔인한 이기심을. 너는 네 자신의 존재가 세상에서 가장 버겁지? 네가

가진 슬픔이 제일 거대하지? 그래서 상대방의 감정
같은 건 신경 쓸 겨를도, 그래야 할 이유도 없다고
생각하지? 그런 너의 자기애와 이기심도 이 마음을
멈추진 못했어. '너를 좋아하는 나'를 끊임없이
증명하고 확인시킬 뿐이었지 잔인하게도. 이 지겨운
거울을 이제는 그만 들여다보려 해. 너는 그저
자기중심적이고 이기적인 사람에 불과하니까.

　　마침 방학이니 참 다행이야. 다음 계절부터 우리가
마주쳐야 하는 자리에선 가벼운 눈인사만 나누는 게
어떨까. 딱 그만큼의 사이로 지내자. 네가 행복하길
바랐다가 다시 불행하길 바라기를 반복하다,
나의 바람은 오직 나와 내가 사랑하는 사람들의
행복뿐이라는 걸 알았어. 누가 널 알기 전으로
돌아가게 해준다고 해도 나는 결코 그 길을 선택하지
않을 거야. 2년의 세월을 통과하며 단단해진 내
자신이 좋고, 내가 무너지지 않도록 내 곁을 지켜준
사람들의 마음은 시간보다 귀하니까. 내가 아무리
힘들었다고 해도 이 모든 걸 무를 만큼은 아니야.
너에 대한 모든 생각과 감정을 이제 그만 반납할게.
　　그럼 내내 안녕하기를.

2019.12.9.

059

만들어낸 말

지워지는 것은 이토록 아름답다.
분명하게 지울 줄 아는 사람만이
가장 분명하게 다시 태어난다.

- 정진규, <밥詩4> 中

1.

그날은 일기를 쓰지 않았다. 가슴이 두근거리는
통에 글자는 단 한 자도 쓸 수가 없었다. 밖으로 나와
걷다가 달리기를 반복했다. 가쁜 숨을 고르며 네가
느끼게 해준 행복에 보답하고 싶다는 생각을 하다가
동시에 이 행복이 곧 사라질 것 같아 두려웠다.
그래서 이 순간을 기억하기로 했다. 훗날 네가 내게
주었던 행복을 모조리 거두어 가더라도 오늘을 꼭
기억해내서 그 때의 너를 용서해 주자고 나 자신과
약속했다.

2.

약속은 지켜지지 않았다. 너를 원망하거나 의심하지 않고 바라볼 자신이 내겐 없었다. 내가 상처받았다는 이유로 너를 괴롭히고 싶지 않았다. 아니 너무 괴롭히고 싶었다. 죄책감을 빌미로 네가 더 쩔쩔매게 만들고 싶었다. 너를 비난하는 말들이 쏟아지는 것을 막을 수가 없었다. 떠나야 했다. 이 관계는 여기가 끝이라는 확신이 들고나서야 '널 미워하지 않는다'는 말을 할 수 있었다. 비록 나와 했던 약속을 지키기 위한 '거짓말'이었지만, 그게 나의 최선이었다.

언젠가 너는 편지가 그저 '만들어낸 말'같다고 했다. 그래서 편지를 쓰지 않는다고. 나에게도 편지는 거의 불가능한 글쓰기였다. 편지를 주고 싶은 상대가 생길 때마다 이미 커져버린 마음을 활자로 변환시키는 일에 늘 엄두를 내지 못했다. 그건 마치 끈적이는 반죽을 다시 가루의 상태로 되돌리는 일처럼 느껴졌다.

'인간은 마음 속에 있는 것을 감추기 위해 언어라는 것을 만들어냈다.'
어디선가 읽었던 문장이다.

언어의 쓸모에 대해 한동안 생각했다. 정말
담고 싶은 마음은 정작 담아낼 수 없다면, 감히
그것을 꺼낼 능력도, 용기도 없다면, 드러낼 수 있는
것들이라곤 '의미 없는 것'이거나 '의미를 감추기 위한
것'뿐이라면, 내가 떠드는 말과 끄적이는 글들이 다
무슨 소용인지.

그렇다면 침묵은 늘 현명한지, 오만하거나
비겁하지는 않은지, 때로 어떤 말보다 깊은 상처를
주진 않는지, 너와 주고 받았던 말과 글에는
얼마만큼의 진실과 위선과 위악이 있었는지, 또
우리가 침묵했던 시간은 어떤 의미로 서로에게
작용했는지, 이런 생각들이야 말로 이제와 무슨
소용인지. 그저 미련이다.

너를 떠나고 나는 이러지도 저러지도 못했다. 어떤
말도 할 수가 없었고, 의미 없는 지껄임을 멈출 수도
없었다. 밤엔 우는 아이를 달래며 같이 울었다. 아직
언어가 없는 아기가 내가 마주할 수 있는 유일한
사람이었다.

3.

여러 날이 지나고, 해가 바뀌었다. 나는 네가 살고 있는 곳으로부터 아주 멀리 떨어진 곳으로 거처를 옮기게 되었다. 의사 표현이라곤 '울음'으로 밖에 할 줄 모르던 조카도 이제 간단한 단어들을 구사하기 시작했다. 우리 이야기를 가사에 담은 것 같아 좋아했던 인디가수는 2년 만에 새 앨범을 냈다.

지인들의 연애사 속에서 나와 너를 닮은 인간 유형들이 심심치 않게 등장하곤 했다. 우린 꽤나 공평하게 번갈아가며 비난의 대상이 되었다. 이상하게 너를 떠올리게 하는 사람들을 종종 만났다. 그들과 가까워질수록 너를 미워하는 것이 쉽지 않았다. 그들은 마치 너를 이해하고 납득할 수 있도록 내게 보내진 사람들 같았다.

너는 사랑하지 않고는 견딜 수 없을 만큼 다정한 사람이었다. 너에 대한 나의 결론이다. 더 이상 너를 떠올리며 네가 했던 말과 행동들을 분석하려 하지 않을 것이다. 그러기로 했다. 시간이 좀 걸렸지만 이제 정말 너를 미워하지 않게 되었다. 나는 네가 아닌 너로 인해 누릴 수 있었던 감정들을 간직하기로 했다. '너와 나'는 서로에게서 더 열심히 희미해지기로

하자. 그리고 언젠가 새로운 서사가 시작되려 할 때,
각자의 자리에서 있는 힘껏 선명해지기로 하자.

060

수취인불명

우리의 인사는 무엇이 되어야 할까. 오랜만이야.
그렇게 말하기에 우리는 촘촘하지. 잘 지내니. 무엇을
지낸다는 걸까? 삶의 장례를? 내가 이렇게 말하면
너는 아마 '지내다'의 사전적 정의를 외워 주겠지.
그쯤은 나도 알아. 하지만 사람은 자기가 바라는 대로
듣고 싶어 하는 동물이잖아.

있지, 삶에 경고 문구를 붙인다면 어떤 말이
좋을까? 사물이 보이는 것보다 멀리 있습니다. 평생의
다른 말은 외로움의 기나긴 여정이니 황망하고
쓸쓸한 풍경에 순응하십시오.

여기는 춘분(春分)이야. 겨울의 뒤꽁무니도 멀어져
가는. 하나둘 꽃이 피어나는데도 여전히 푸른 빛이
도는 발톱을 깎으면서 어느 시인의 말처럼 내가
살아 있는 것도 루머인 건 아닌지 의심해 보기도
했어. 기억나? 어느 검푸른 새벽, 툭 불거진 무릎에
고개를 묻은 내 발을 감싸 쥔 네가 그 죽은 발톱

위로 흐느꼈을 때 나는 처음이자 마지막으로 구원을
보았는데. 우리는 빛을 들이기 위해 수많은 균열을
만들었지. 시궁창 같은 마음에도 사랑이 새어 드는 창
하나쯤은 있을 거라고 믿으면서. 희망은 언제나 헛된
법이고, 그런 것들은 꼭 무시할 수 없게 달콤하니까.
하지만 우리에게 배당된 희망은 이미 세상의 먹이가
되어 버린 후였나 봐. 우리는 빼앗기고 말았지.
우리를. 그러니까, 우리에서 나를 뺀 너를.

　　분명히 어딘가에는 너의 숨이 실린 바람이 불고
있을 텐데 나는 밤마다 너를 떠올리며 두 번 기도를
올린다. 비겁함이란 믿음에 대한 용기를 갖지 못한
것. 살아간다는 행위에는 어떤 의미가 깃들어 있는
걸까. 그럼에도 불구하고, 어떻게든 삶을 이어간다는
것. 누군가는 떠나고 누군가는 남는다는 것. 안녕을
바라는 것과 명복을 비는 것은 동전의 양면과
다르지 않고, 창살 없는 감옥에 복역하는 삶을 살아
있다(生)고 해도 되는 것인지 나의 질문은 마침표를
만나지 못하지.

　　하지만 이것만은 답을 구하고 싶어.

　　우리가 우리여서 다행인 적이 있었니. 단 한
번이라도.

061

과거의 너에게

10.16 (수)

이별 통보 받은 지 5주하고 5일. 한동안 기분이
오락가락 힘들었는데 시간이 지나니 그래도 그럭저럭
괜찮다. 밥 한 숟갈 뜰 때도 속이 울렁거려서 살도 꽤
빠졌다. 시도 때도 없이 나는 생각도 이제 그러려니
한다. 내가 한 잘못들을 무엇이었을까 곱씹는
것은 그래도 계속한다. 앞으로 내게 오는 사랑은
영원했으면 좋겠다.

11.20 (수)

임시저장했던 저 글이 벌써 한 달이나 지났다.
물 흐르듯 시간은 흐른다. 저번 주 목요일 날 전화가
왔다. 뜬금없이 온 연락은 반가우면서도 밉다. 내가
괜찮아지는 게 싫은 건지, 이제 상대방의 그림자에서
벗어난 것 같았는데 어찌 알았는지 내 마음을
헤집어놓고 또 떠났다. 그다음 날 다시 연락이 오길
나름 기다렸는데 역시 전화는 오지 않는다. 너의 '보고

싶다'라는 그 말은 순간의 감정일 뿐 진심의 양을
보장해주지는 않는구나.

넌 날 원망했지만, 진짜 이기적인 건 책임지지 못
할 말들만 내뱉고 떠나간 너다.

s에게

물건이든 사람이든 뭐든 간에 정리하는 게 싫어.
두려워, 겁이 나서, 불안해서 싫어.

나중에 꼭 필요할지도 몰라, 후회할지도 몰라,
적어도 내겐 아직 새것처럼 느껴져서 내가 가장
좋아하는 노래 제목처럼 '처음 느낌 그대로'일지
몰라, 하는 생각처럼 말이야. 진짜, 수도 없이
솟아오르잖아. 꼬리에 꼬리를 물면서.

예를 들어서, 끝없이 펼쳐진 바다 앞에서 햇빛을
받으며 누워서는, 한쪽 팔은 이마에 올리고 살며시
눈을 감아볼 때, (근데 내 옆에 아무도 누워있지 않고,
나는 우리에게 어울린다고 생각한 줄무늬 티셔츠를
입고 있지도 않다.) 아니면 온갖 잡화를 판매하는
가게에서 네가 신나게 이야기하던 물건을 문득
발견했을 때, (그러나 아무도 내게 벅찬 목소리로

그 물건에 관해 설명해주지 않고 침묵만 흐른다.)
또 나른한 점심시간에 홀가분하리만치 고요할
때, (우리가 가장 좋아하던 시간이었는데 지금은
'좋아하던 시간' 같은 거는 꿈도 꿀 수 없을 만큼
멀다.)

그냥 그렇다는 것이다. 예를 들자면 그렇다는
거야.

그러다 문득 꿈이나 사랑, 희망 같은 것이 찢어
발겨진 후에야 정신을 차리고 일어나서 하나하나
정리를 하는데 좀 비참하더라. 가벼운 마음으로
힘차게 새로운 시작 같은 걸 말할 만도 한데, 일단은
조금 비참하다는 걸 인정하기로 했어.

정리하는 과정은 분명 길 거야. 아주 아주 길고,
실감도 나지 않고, 때론 알차기도, 공허하기도
하겠지. 끝이 올까?

어떤 커플이 막힌 도로에서 이 도로의 처음과 끝이
존재하는지 아닌지에 대해 가볍게 다투는 걸 지켜본
적이 있어.

글쎄, 어디서부터 어디까지가 끝이니?

처음과 끝을 정확하게 알게 되면 마음이 좀
가벼워지니?

끝인지도 모른 채 지나 보낸 순간들이 슬프지만

어쨌든 정리되겠지.

정리 될 거야.

끝이 날 거야.

왜 모든 순간은 처음만 있는 것 같고 끝이 안 나는 것 같을까?

단 한 줄의 공백도 없이 모순되는 문장을 연달아 썼네. 내가 이렇다.

싫어도 해야지. 정리.

그 단어를 입안에서 여러 번 굴려 삼키는데 짜고 쓰네.

최악의 맛이다.

063

너는 어디서든 쉬이 잠에 빠지고.

그런 너를

나는 자주 훔쳐보곤 했어.

단잠에 빠진 네가 우물거리는 모습을 가만히
들여다보며, 나는 네 번째 손가락으로 네 속눈썹,
콧잔등, 입술 산 같은 것들을 몰래 쓸었었는데
말이야. 그럼 너는 미간을 약간 찡그리고 신음하듯
잠꼬대를 하고. 화들짝 놀란 나는 그대로 온몸을
정지시켰지. 다시 네가 새근거리며 고른 숨을 내쉬면,
그제야 나는 땡 하고 다시 너를 봤어. 그 순간이 너무
달아서. 깨고 싶지 않아 옅게 쉬던 숨.

그 모든 순간은 내게 사탕 같았어. 그 왜 있잖아.
사탕 중에서도 한 번 깨어물면 안에서 시럽이 톡
터지는 그런. 단 것 중에서도 가장 달달한, 먹기

전엔 아무도 그 사실을 모르는 사탕. 그래서, 무척
친한 친구가 "나 그거 하나 먹어봐도 돼?" 하면
괜히 심술이 나는. 영원히 내 입 안에서만 또르르
굴렀으면. 이 톡 터져 나오는 시럽의 존재를. 나만
알았으면 하는.

그렇게 네가 가장 좋아하는 오후의 낮잠을
은밀하게 방해하던 순간들.

이젠 나의 것이 아니고, 더 이상은 내 시간에
속하지 않을.

가끔, 바라.
네가 잘 때 고르는 숨의 마디. 찡그릴 때 드리우는
속눈썹의 각도. 내 짓궂은 방해에 작게 새어 나오는
신음 같은 것들. 나만 알고싶던 너의 비밀을 하나씩
손가락에 꼽으며. 네 곁의 그 사람은 네가 자는
모습에 무감하기를. 적어도 그 순간 만큼은 내 것으로
남기를. 우리가 하던 장난은 우리로 남기를 말이야.

064

홍콩의 여름

너는 날 의아하게 바라봐. 네 옆에 있는 나를
가끔씩. 왜냐고 묻는 너에게 대답하지.
이곳의 여름 때문이야, 라고.

*

언제나 넌 내가 옆에 있는 게 신기한 일인 양 굴어.
그해 겨울, 내가 비행기에서 내려 공항 한가운데서
손을 흔드는 네게 달려갔을 때도 그랬지. 큰 눈을
접고 소리 내어 웃었어. 네 품에 안겨 그 전해 겨울을
생각했어. 네가 일 년 전과 옷을 입고 나왔거든.
산책하는 차림에 가장 아끼는 모자를 썼었어.
겨울해가 구름에 숨어다닐 때도 카키색 모자를 한
번도 벗지 않았지.

홍콩섬으로 가는 2층 버스에서는 내내 졸았어.

너는 창밖을 보고 가끔 웃었지. 네가 좋아하는 숲을 보면서. 알아. 나무와 풀이 빼곡한 곳. 그림자가 걸어 다니는 곳. 네가 나를 처음 데려간 곳은 홍콩동식물공원이었어. 흰털 원숭이 우리를 붙잡고 서서 네 큰 눈으로 원숭이들을 쳐다보았지. 나는 칠이 다 벗겨진 낡은 벤치에 앉아 원숭이들의 끽끽대는 울음소리를 들었어. 원숭이들이 그렇게 날뛰는데 넌 차분하게도 보더라. 안내원인지 경비원인지도 잘만 졸았고. 내가 네 뒤통수에 대고 물었어.

- 여기를 자주 온다고?
- 응. 어때?
- 뭐가?
- 괜찮지?

나는 대답했어. 아니.
이번엔 네가 물었어.

- 회사 정말로 그만둔 거야?
- 어.
- 그럼 이제 어떡해?
- 뭘 어떡해.
- 잘 됐다. 나랑 놀자.

- 놀고 있잖아.

네가 이히히, 하고 웃으면서 내 무릎에 머리를
대고 앉았어. 높은 빌딩을 가리는 큰 이파리들이
나를 나른하게 만들었나 봐. 내 눈이 감겼어. 너를
따라 웃고 싶은데, 네 얼굴 봤을 때부터 헤헤거리고
싶었는데, 그게 안 됐어.

- 자지 마.
- 넌 일해야 하잖아. 놀 수도 없으면서.
- 일 안 할래.

하고 싶은 말을 꾹 참았지. 날 떠나 다른 나라에 올
정도로 중요한 일이면서.
넌 혼자 중얼거렸어.

- 난 바보니까.

맞아. 넌 바보야. 내가 아는 모든 사람 중에서,
적어도 내게는 바보 천치야. 네 손이 내 감은 눈에
닿았어. 볼을 쓰다듬고 목을 붙잡지. 아주 부드럽게.
물속에 있는 것 같았어. 그래서 울지 않아도
괜찮았어.

홍콩의 거리는 살던 곳처럼 익숙해. 아마 영화 때문이겠지. 미드 레벨 에스컬레이터를 타면 닳아버린 비누와 젖은 수건을 위로하던 양조위가 생각나. 네가 데려가 준 성 미카엘 묘지도 굉장했어. 저번엔 혼자 길을 헤매다 결국 못 갔잖아. 어딜 가든 묘지를 가야 한다고 했더니 넌 이상하다며 웃었지. 네가 그런 말을 할 때마다 난 삐죽거리며 말해. 네가 더 이상해. 내가 하얀 비석들 앞에 너무 오래 앉아 있었나 봐. 네가 날 일으켜 세웠어. 난 아무 말도 안 했어. 네가 내 손을 잡았거든. 1년 만이었어. 저번 겨울 이후로 본 적 없으니까. 넌 나를 찾아오지 않아. 2년 전 한국을, 나를 떠난 이후로. 당연한 거야. 우린 그때 이미 헤어졌었으니까.

딤섬집이 어찌나 낡았던지 세트장 같았어. 예쁘단 뜻이야. 한국에서 그렇게 만두를 찾더니 홍콩에서는 딤섬을 얼마나 찾던지. 넌 날 보고 웃지만 난 네가 더 웃겨. 보고만 있어도 웃음 나. 김이 모락모락 나는 흰 딤섬을 내 입에 넣어주었는데 뜨거워서 눈물이 핑 돌았어. 그래도 맛있었어. 말하지는 않았지만. 대신 내가, 그래 어리광을 좀 부렸지. 양조위 단골집에 데려간다고 해놓고 왜 여기에 왔냐고. 너는 여기가 더 맛있다고, 오늘은 양조위가 단골집에 오지 않을 거라고 했잖아. 그리고 네가 관자놀이를 꾹꾹 눌렀어.
나는 운동 좀 하라고 하나 마나 한 말을 했어. 또, 네
방을 보고 싶다고 했지. 너는 미소를 지으며 말했어.

- 그냥 좁은데. 아무것도 없어.
- 가보고 싶어. 너 사는데. -
- 그래. 네가 좋으면.

너는 다정한 사람이야. 회사에서 처음 본 날부터
그랬어. 키 큰 네가 나에게 다가와 쭈그려 앉은
다음, 이런저런 얘기를 했잖아. 다 일 얘기였는데, 네
눈이 너무 커서 얘기는 들리지도 않았었어. 애인이
되어서도 항상 예쁘게 말했지. 다정하지 않아도 될
때도 매번 그렇게 하잖아. 내 접시에 딤섬을 하나씩
놓아주는 짓도 하고. 딤섬 같은 걸 그렇게 오래
먹었던 건 처음이야. 너도 웬일로 천천히 먹었어.
그러다 네 전화기 벨이 울렸어. 너는 짧게 통화하고
끊었지.

- 가야 돼?

내가 물었더니 너는 정말로 미안한 얼굴로 답했어.
- 미안해.

우리는 다음 날 아침 마운트 데이비스에 가기로 했었어. 원래대로라면, 그날 그쪽으로 가서 한밤 묵을 예정이었고. 너의 사과가 진심이라는 게 더 싫었어. 너는 미안한 만큼 놀랍도록 무심해. 다시 걸려온 전화에 너는 아예 딤섬집을 나가 통화했어. 나는, 나는 어떤 영화를 떠올렸어. 내가 이런데 구제 불능이라는 거 알지. 영화가 나를 어느 정도 망쳐놓았다는 거 인정해. 내 인생의 사분의 일을 써버리게 했으니. 그 영화에서 한 연인은 각자의 꿈 때문에 어쩔 수 없이 헤어져. 꿈을 이루고 다시 만나게 되지만 그들의 사랑은 상상 속에서만 이루어지지. 그 영화 딱 두 번밖에 못 봤어. 이젠 주제가만 들어도 두통이 생겨서. 너는 전화기를 바꿔 들며 곤란한 얼굴로 통화를 해. 나는 텅 빈 딤섬집에 혼자 앉아 있어. 그리고 생각했지.

'우린 끝난 걸까, 아주 오래전에.'

너는 나를 뒤따라 왔어. 예약한 숙소에서 전화를 받지 않아서 너무 불안했거든. 그래서 내까 앞으로만 빨리 걸었을 거야. 너는 나를 길가의 하얗고 차가운 벤치에 앉혔어. 넌 서서 숙소에 전화를 하고 홈페이지도 들어가고 했어. 홈페이지는 열리지 않았고, 네 마음은 더 바빠지고, 해는 지고 있었지.
너는 내게 질문을 했어. 개인이 하는 건지, 위치가
정확히 어딘지, 체크인 방식은 뭐고, 돈은 냈는지.
주변이 어둑해졌어. 밤이 오고 있었지. 넌 초조한
얼굴로 말했어.

일단 가볼래? 어두워지면 길 찾기 어려울 거야.
마운트 데이비스에 큰 호스텔도 있대.
안 가도 돼.

큰 호스텔 체인은 나도 알고 있었어. 도미토리
뿐이니까 예약하지 않았었어. 넌 좁은 침대를
싫어하니까.

- 왜, 너 거기 엄청 가고 싶어했잖아.

이제는 네가 빠르게 말을 했어.

- 내 친구 그쪽 살거든. 메시지 보내놨어. 전화 올
건데,

그래서 나도 나오는 대로 막 말해버렸나 봐.

- 네 친구도 없으면? 잘 데도 없고, 아무도 없으면 어떡해 나는? 밖에서 자? 그러다 강도당해 죽으면? 그때는 네가 올거야?

엉뚱하고 제멋대로지, 나는. 네가 말하던 것처럼. 내 눈을 보던 네 눈이 기억나. 너는 말했어.

- 알았어. 네가 원하는 대로 해.
- 내가 원하는 대로 하라고?
- 응. 안 가고 싶으면,
- 이제 와서?

너는 웃지 않았어. 나도 그랬고. 나는 말했어.

- 네가 그렇게 말하지 않아도, 나는 내가 원하는 대로 할 거야.

한국에 있을 때, 회사 근처 한강에 가서 돌을 던지곤 했어. 메아리 같은 파장은 사라지고 돌은 다시 볼 수 없었지. 그리고 어처구니없는 생각을 했어. 순간이동 같은 것. 너는 헤어질 때조차 다정했고, 떠나고서도 내 전화를 받아주고 너도 전화를 하고. 예전처럼 밥 먹었는지 하루는 어땠는지 물으며

따뜻하게 굴었지. 통화하다 보면 너는 항상 졸린다고
해. 너는 내 목소리를 듣다 잠이 들고, 나는 밤을
지새우지. 네가 잠들지 못했으면, 하는 못된 생각을
하면서.

밤이 되고 우리는 트램을 탔어. 넌 내가 말하지
않는데도 내 어깨에 기대 졸았어. 네온사인이
반짝거리고, 거리의 색은 진해지고, 나는 너를 봐.

그 정도로 값비싼 호텔에 간 건 처음이야. 방에서
바다가 보인댔어. 이미 밤이라 도로를 지나가는 차의
불빛들뿐이었지만. 너는 가지 않았어.

- 안가?
- 응.
- 왜?
- 침대가 넓어서.

너는 또 졸린 것 같아. 내 어깨에 네 얼굴을 묻어.
나는 네게 물어.

'너는 내가 필요하니?'

물론 속으로만.

그날 밤 너는 내 옆에서 잠이 들었어.
텔레비전에서 한 캐릭터가 대사를 해. '사랑을 안
한다면 인생에 뭘 하리오.' 너도 그렇게 생각해? 나는
잠든 네게 물어. 그리고 네 볼에 키스를 하고, 네 손을
잡고, 그리고 오랫동안 해왔던 고민을 끝내.

아침에 일어나니까 눈앞이 온통 바다였어. 짙푸른
물색이 그늘 같아. 고운 네 숨소리가 들렸어. 몇
주 만에 회사에나 입고갈 법한 단정한 옷을 입고
거울 앞에 섰어. 곤히 자는 너를 깨우지 않기 위해
조심스럽게 문을 닫았지. 출근 시간에는 어디건
사람들이 붐벼. 그래, 여기서도 난 괜찮을 거야.
그날은 어찌나 맑은지 해가 내 눈을 뚫어버릴
것 같았어. 가슴은 조금씩 두근거리기 시작했고,
목적지인 대형 체인점 마트 앞에서는 더 심해졌지.
　　면접은 괜찮았어. 내 영어가 서툴긴 했지만
일하기에 부족하지는 않았나 봐. 대부분의 질문에
어렵지 않게 대답할 수 있었거든. 아주 간단한
것들이었으니까. 그런데 한 가지 질문에는 쉽게
대답할 수 없었어. 그녀가 내게 홍콩에 얼마나
머물 예정이냐고 물었거든. 내 비자에 관한

질문이었겠지만 나는 너를 생각했어.

'내가 바라는 건…'

너를 사랑하는 거야. 어떤 무엇보다 네 곁에서 널
사랑하는 것이 내 일이야. 공항에 내려서 네 얼굴을
마주할 때부터, 네가 없는 한강에 돌을 던질 때부터,
새벽에 네 문자가 나를 흔들 때부터. 내가 원하는 건
너뿐이니까.

원숭이 말이야. 정말 높이까지 뛸 수 있더라.
돌아오는 길에 동식물공원에 들렀거든. 나무
꼭대기까지 높이 높이 가볍게도 올라가더라고.
너는 호텔방에서 여전히 자고 있었어. 아침잠 많은
건 바뀌지를 않나 봐. 바다가 눈부셔. 나는 네 옆에
누워 눈을 감았어. 그리고 생각했어. 이대로, 홍콩의
여름을 보고 싶다고.

**

이것은 우리에 관한 무수한 이야기들 중 하나다.
그와 나는 멀리 떨어져 살았다. 그는 바다 옆 도시에

살고, 난 도시만 빽빽한 곳에 살았다.

만약에 홍콩이었다면 그의 옆에 있을 기회가
있었을지도 모르겠다는 생각을 한다. 나를 지우고
사랑만 남겨놓을 그 기회를 절대 놓치지 않았을지도.
그가 생각날 때면 아직도 그런 꿈을 꾼다.

사치로 만들어진 괴로움을 안고, 그의 다정한
목소리로 머릿속에서 원하는 말을 되풀이하는
동안 해는 가고 밤은 흐르고 어제가 죽었다. 원하는
것을 얻기 위해서는 당연히 많은 것들을 포기해야
하지만 절대 얻을 수 없는 것도 있다. 연습을 해도
욕심은 사라지지 않았다. 나는 아직도 어리석어서
그에 관한 나쁜 말들도, 나에 관한 나쁜 말들도
모르는 척한다. 그를 위해서라면 뭐든 될 수 있고, 할
수 있었다. 그러나 이 모든 건 너무 오래된 이야기다.
누군가 그에게 나에 대해 아느냐고
묻는다면 그가 모른다고 답했으면 좋겠다. 그는
나에 대해 모르는 게 너무 많다. 나도 마찬가지다.
그래서 우리는 아무 관계도 아니면서 서로를
좋아하고, 서로를 외면한다. 홍콩의 여름을 꿈꾼다.
나는 꿈을 원한다. 나는 꿈을 원하지 않는다.

서로를 위한 길이라 말하며
나만을 위한 길을 떠난 거야

- 여행스케치 <옛 친구에게> 중

065

지은에게

잘 지내? 우리가 만난 지 벌써 10년이 넘었어.
내 인생에서 가장 처절했던 시간에 너를 만나, 그
시간들을 함께 이겨낸 것에 항상 감사해. 마지막으로
보고 연락이 끊긴 게 2014년이니까 그 뒤로 6년이나
지났네. 매일 습관처럼 내뱉는 말이지만 시간 정말
빠르다 그치?

얼마 전에 꿈에 네가 나왔어. 처음은 아니고
잊어버릴 때쯤 한 번씩 나왔어. 이번에도 나는 왜
나를 끊어냈어?라고 물었고 너는 내가 한 어떤 행동이
나빠서라고 대답해 줬어. 근데 일어나니까 그게 정확히
뭐였는지가 기억이 안 나는 거야. 꿈에선 그냥 내가
나쁜 년이었고, 그래서 나도 조금 슬펐지만 인정했던
것 같아. 우리가 싸웠거나, 아니면 서로가 서로에게 더
이상 관심이 없어서 자연스럽게 멀어진 관계였다면
이렇게 오래 붙잡고 있진 않을 텐데. 하루아침에
너에게서 정리되어버린 나는 이유를 알 것 같지만

정확히 알아서, 그래서 미안하다거나 아니면 지금껏
고마웠다 같은 말을 하면 좋겠다는 미련이 남나 봐.
지금 이 편지로 그동안 하고 싶었던 이야기도 하고,
나도 내 마음에서 너를 털어내 보려고. 생각해 보면
너랑 나는 사람 취향도 비슷했었잖아. 네가 나를
끊어낸 건 아마 '우리'가 싫어하는 나 때문이였을 거라
생각해. 싫다고 생각해도 겉으론 티 내지 않고 일정한
거리를 두며 관계를 이어갔던 네가 나를 한순간에
끊어버렸다는 게, 너도 쉽게 내린 결정은 아니었겠지.
그때의 나는 지금 내가 생각해도 참 별로였어. 취업은
했는데 직장 생활은 내가 생각한 것과 너무 다르고,
상사들은 왜 이렇게 나를 짜증 나게 하고 일하는 거
너무 싫고, 그렇다고 당장 회사를 그만둘 자신은 없고,
입 밖으로 짜증과 한숨만 내뱉던 1년 차 직장인이었지.
하고 싶은 게 많고, 그걸 위해 열심히 노력하던
반짝거리던 나는 더 이상 없었고, 부정적인 에너지가
응축돼서 너의 긍정적인 마음까지도 갉아먹던 나만
있었어. 나를 손절한 것도, 말없이 할 수밖에 없던 것도
지금은 이해해. 다만 너는 내게 언제나 위안이었고
든든한 버팀목이 되어 주었는데 나는 전혀 그러지
못했다는게, 그게 속상하고 미안해. 혼자 여행을 가서
책을 읽다 네가 떠올라 울컥한 적이 있어. 말은 사람의
입에서 태어났다가 사람의 귀에서 죽는데, 어떤말 들은

죽지 않고 사람의 마음속으로 들어가 살아남는다고.
죽은 이들의 말이 아니어도, 다시 보지 않을 사람들
사이의 마지막 말들이 그들의 유언이 된다는 말에
문자를 찾아봤어. 네가 내게 남긴 유언은 11월에 봐,
Bon weeken! 나는 아마 이야기 들어줘서 고맙다였지
않을까 싶어. 우린 11월에 보지 못했고, 문자가
남아있을지 모르겠지만 내 유언이 고맙다는 말이어서
다행이다 싶었어.

　　언제나 고마웠어 지은아. 시간이 지나 혹시 너도
가끔 내 생각을 한다면 우리가 서로에게 힘이 되고,
북돋아 주는 그때의 나를 기억했으면 좋겠어. 지금
너는 어떤 모습일까. 맥도날드에서 알바를 해도
한국보다 프랑스가 더 나을거라 했으니 지금은
거기에서 지내고 있을지도 모르겠다. 항상 좋아하는
사람들과 함께 네가 꿈꾸던 일을 마음껏 하면서 지내기
바라. 나도 뭐가 될지 모르겠지만 내가 좋아하는 내가
되기 위해서 조금 더 노력해 보려고.

　　건강하고. 이제 진짜 안녕!

066

은희야, 어젠 정말 고마웠어

이토록 봄은 눈부시게 찬란한데, 복도에 쏟아지는
그 찬란한 햇빛의 조각이 나에겐 가시 같았어. 그
가시들로 벌을 서듯 복도에 있던 나를, 우두커니 서서
갈 곳 없는 눈물만 모으고 있던 나를, 네가 조용히
안아주어서. 나는 겨우 멈출수가 있었어. 눈물도,
원망도.

며칠 후면 네 생일인데, 그 전엔 내 생일 먼저
오겠지만.. 내가 무엇을 축하해줘도 될지, 무엇에
기뻐해도 될지, 함부로 웃어도 될지 잘 모르겠어.
미안해. 그냥 미안해.

주머니를 탈탈 털어서 줄 수 있는게 고작 이 편지
뿐이라, 미안해.

내가 언젠가 무사히 어른이 된다면, 너의 생일엔,
그리고 나의 생일엔 넘치게 행복 하게 만들고 싶다.
지금의 작은 손바닥위에 쥐어진 것들로는 너무
환상같은 이야기 지만. 우리에게도, 부족한 것 보다

넘치는 것들이 허락 되는 날들이 올 수도 있겠지?

　　아직 너랑 친해 진게 얼마 안 되어서, 내 이야기를
한 다는게 미안했어. 그냥 내 슬픔을 나눠 갖는 기분이
들어서. 쉽게 너한테 전이 될까봐 그래서 같이 울게
될까봐 걱정이 되었어. 그런데 네가 안아 주니깐,
나는 다 이야기 하게 되더라. 그냥 다 이야기 하게
되더라. 어떠한 의심도 없이 말이야. 넌 덤덤히 고개를
끄덕이며 나를 몇 번이고 안심 시켜줬어.

　　세상이 참 막연하게 겁이나. 당장에 동생과 둘만
버틸 세상이 내 몸집에 비해 너무 크자나. 내가 할 수
있는게 아무것도 없는데 말이야

　　'나는 그냥 무작정 달려오는 내일과 내일의
내일이 가늠할 수 없을 만큼 너무 무서워.' 라는
나에게 네가 '손 잡아 줄게' 라고 할 때, 나는 아직
신이 나를 포기 하지 않았다는 생각을 짧게 했어.
덜 무섭게, 덜 두렵게 해주는 네가, 내 손을 잡아주는
네가 있다는게 그 증거인 듯 했어. 감히 내가 괜찮아
질거라는 옅은 믿음도 생겼었어. 봄이지만 아직 차가운
바람이 괴롭히던 운동장에서 나는 또 한 번 울면서
네 도움으로 마음을 챙겼어. 흐트러지지 말자고도
약속했어.

　　은희야 고마워

　　내 손 잡아 준다고 말해 줘서 고마워.

장난치며 큰소리로 웃을 수 있는 평범한 나로
만들어 줘서 고마워.

김밥에 당근을 빼서 건네어 줘서 고마워

작은 쪽지 자주 써 줘서 고마워

재미었는 말에도 크게 웃어 줘서 고마워

울고 싶으면 실컷 울어도 된다고 해줘서 고마워

아빠 면회를 같이 가 줘서 고마워

가끔 유독 무서운 밤에 우리집에서 함께 있어줘서
고마워

가장 어두울 때, 내 얼굴을 들여다 봐 줘서 고마워.

모두가 나를 포기해도. 끝까지 나를 믿어줘서
고마워.

나를 포기해 주지 않아서 고마워.

38살, 5월 2일의 은희에게

말로 하면, 어설픈 것들이 될까봐, 글로 적었어. 다
갚지 못한 마음을.

저 찬란했고 처연했던 봄 사이에 파리하게 피어난
우리가, 이렇게 무사히 어른이 되었네. 나는 조금은
불온하게 까치발을 한 어른이 되었지만,쉽게 무너지지
않고 쉽게 슬프지 않을려고 해. 17살의 은희는 내게
여전히 고마운 증거니깐. 종결 되지 않은 삶 안에서는
영원히 나는 그날의 너에게 빌린 마음으로 부지런히
살테니깐. 그래서 쉽게 슬프진 않다. 겉모습만 어른의
덩치가 되어,여전히 세상이 만만해지지 않아도.

067

S 언니에게

언니 안녕..! 생일 축하해! 좀 많이 늦은 편지가 되거나 너무 이른 편지일 것 같다. 너무 늦었거나 혹은 너무 빨라서 당황스러울 수 있겠지만, 예전에 써 두고 못 보낸 생일 편지가 생각나서… 꼭 전해야 할 말이 있었는데 용기가 안 나서 축하도 못 해주고 하고 싶은 말도 못 했는데, 나를 숨기고 편지를 쓴다면 조금은 전달할 수 있을 것 같아서…

그날, 그렇게 화내버리고 내가 화났다는 이유로 갑질해서 미안해… 그렇게 감정을 토해버리듯이 쏟아내고 풀 수 없도록 도망쳤었던 것도… 언니랑 다시 관계를 회복하고 싶었어. 근데 방법을 몰라서, 내가 다가가도 괜찮은지 몰라서 다가가지 못했어. 다가오지도 못 하게 했어. 내가 다가갔을 때 나를 받아줄까? 내가 그렇게 화내고 모르는 사람처럼 대했는데 회복이 가능할까? 돌이키고 싶었는데

방법이 없었어. 그전까지는 내가 누구에게도
내 진심을, 내가 상처받았음을 표현해본 적이
없어서 나도 나에게 당황하고 방황했던 것 같아.
미안해… 상처받았다는 이유로 상처 줘서 미안해.
상처받았다고 상처 줄 권리가 있는 게 아니고 상처
줬다고 해서 상처받아야 할 의무가 있는 것도
아닌데… 그렇게 해서 미안했는데 표현하지 못했어.
아프게 해서 미안해. 이렇게 얼굴 안 보고 간단하게
전달하는 것도, 용기 없는 것도, 여전히 다가가지
못하는 것도.

　　나를 이미 없는 사람, 모르는 사람으로 생각할까
봐 무서웠어. 근데 이젠 정말 서로 마주칠 일도 없고
먼 사이가 돼버렸네. 관계라는 것은 내가 어떻게
만들어가느냐에 따라 그 관계가 달라진다는 걸
깨닫는 요즘이야. 무서워도 언니를 어떤 사람으로,
언니가 나를 어떤 사람으로 여겼으면 좋겠는지
생각하며 용기를 냈어야 했는데… 이젠 서로 모르는
사이가 되는 게 아무렇지 않은 사이가 돼버려서 이
편지가 의미 없게 느껴진다. 그래도 꼭 미안하다는
말을 전하고 싶었어. 그래서 써봐. 전달될지는
모르겠지만 이 글을 세상에 남겨둔다면 언젠가,
우연히 언니가 읽게 되진 않을까 해서. 여전히 관계에
있어 수동적으로 운명에 기대고, 우연을 기대하지만,

언젠가는 능동적으로 관계를 이어갈 수 있는 사람이
되어볼게.

생일 축하해. 언니의 앞길을 마음속으로 응원해!
건강히 잘 지내.

068

비행기가 지연되었다는데

독일에 갔던 넌 한국행 비행기가 지연된다고 했다.
기술적 결함이라고 하는데, 사실 나는 드라마나
영화를 하도 많이 봐서 그런지 그런 류의 방송만
들으면 무섭다. 나는 재난 영화를 좋아하는 편이다.
사실 주인공이 결국엔 살아남을 것은 뻔하지만,
그래도 흥미진진한 건 어쩔 수 없는 사실이다.
비행기 안에서 띵동, 하고 안전벨트 알림만 울려도
흠칫하는 나인데, 이륙 지연은 오죽할까. 사실 별 것
아니겠지만 그래도 무섭다.

네가 독일에 있는 동안 나는 밤낮이 바뀌어 늦은
새벽까지 깨어 있었고, 같은 시각임에도 독일은 저녁
때였기에 가끔 우리는 인스타그램으로 메시지를
했다. 너는 내게 독일의 넓은 축구 경기장들을
보여줬고, 나는 네 덕에 간접적으로 독일의 모습들을
볼 수 있었다. 축구라는 스포츠는 내게 있어서 '상대

팀 골대가 흔들리면 좋은 것' 이라는 스포츠인데, 네가
관심을 가지고 흥미롭게 경기장을 돌아보는 것이
너에게 있어서 축구라는 것은 내가 느끼는 것처럼
단순한 스포츠만은 아니라는 것임을 느낀 것도
같았다. 비록 축구가 나에게는 그저 스포츠 종목 중
하나임에 불과하지만 분명 누군가에게는 엄청난 취미
생활이고, 또 누군가에게는 삶의 전부일테니까, 라는
생각이 들었다.

    그 외에도 너는 내게 인스타그램 메시지로
독일의 일상을 알려줬다. 한국과 다른 점이 몹시
인상 깊었다. 독일의 버스에는 충전기가 있다고
했다. 부러웠다. 항상 내가 대중교통 이용할 때 했던
생각인데 독일에는 이미 그게 설치되어 있었구나.

    독일에는 트램이라는 대중교통이 있다고
했다. 네가 킨 라이브방송에서 네 어깨 너머로 본
트램은 철길 없는 모노레일 같았다. 꽤나 부드럽게
지나가더라. 버스에 바퀴가 없다면 저런 느낌일까
싶었다. 아, 독일은 비가 왔다던데 날씨를 안
물어봤다. 라이브 방송에서 네 모습 뒤로 얼핏 비치는
하늘로 추정해 봤을 때는 엄청 흐려 보였다. 그런데
비가 온 직후였어도 구름이 껴서 예쁘더라. 흔들리는

네 머리카락으로 보건대 바람이 엄청 세게 분 것도
같았다.

　네가 탄 비행기는 한 시간 조금 넘게 지연된 것
같았다. 그 동안 메시지를 잠깐 다시 했다. 너는 출발
시간이 늦어져 도착 시간도 늦어질 거라고 했다. 내가
"지연돼서 그런가보다." 라고 했더니 너는 고등학교
시절 담임 선생님 성함도 '지연' 이었고, 비행기도
지연되어서 지연이라는 말이 싫다고 해서 이른
새벽에 날 웃게 했다. 왜 웃긴지는 모르겠는데 그냥
웃겼다. 소리를 내서 웃어버리는 바람에 옆에서 자던
동생이 뒤척였다.

　새벽 여섯시가 넘어 해가 어물어물 뜨려고 하는
때에 인스타그램 프로필 사진 왼쪽 아래에 초록색
동그라미가 뜬, 현재 활동 중인 사람은 너와 나밖에
없다는 사실도 웃겼다. 왜인지 조금 신기했다. 그
시간에 누군가와 소통했던 건 처음이라 그런 걸수도
있겠다.

　그런데 갑자기 네가 비행기 시동이 꺼졌다고 해서
나는 정말 깜짝 놀랐다. 무슨 일이길래 갑자기 시동이
꺼진 걸까. 짧은 순간이었지만 그 순간에도 나는 온갖

돌발 상황들로 이미 재난영화 한 편을 찍었다. 그런데 몇 분 후 비행기가 다시 후진한다는 네 메시지에 아주 크게 안도의 한숨을 내쉬었다. 누가 보면 내가 그 비행기에 있는 줄 알았을 거야. 비행기나 배는 특히 무섭다. 한국 오면 연락을 달라고 했더니 너는 무사히 도착했냐는 뜻의 연락을 하라는 거냐며 되물었다. 하여간 눈치는 기가 막히게 빠르다.

내가 저번에 쳤던 팔찌의 대답으로 너는 립밤을 샀다고 했다. 진짜 안 그래도 되는데. 미리 잘 쓴다고 인사하고 싶다. 물론 만나서도 고맙다는 말은 할 것이다.

인천공항으로 온다고 했는데, 상황이 상황인 만큼 조심해서 귀국하기를 바라. 지금 한국에는 비가 추적추적 내려.

도착하면 연락 줘.

069

B에게,

안녕, 잘 지내니? 언젠가 네게 편지를 쓰고 싶었어.
부칠 수 없는 편지겠지만 주절주절 안부를 전하고
싶은 날이 있잖아. 나만 그럴 수도 있겠지만 정이
많던 너도 한 번 쯤은 그런 생각을 하지 않았을까,
느낌이 들어. 웃기지, 네가 우린 소울 메이트라고
말했을 때 사실 그렇게 느끼지 않았거든. 그러면서
지금에서야 그런 소울을 공유하지 않겠냐고 말하는
것 같잖아. 오늘 나는 영화 <안녕 나의 소울메이터>를
봤어. 너가 소울 메이트라는 제목에 끌려 같이
보자고 했던 영화였는데. 언젠가 너는 둘 다
할머니가 되어서 함께 홍차를 마시며 이야기하는
꿈을 꾼다고 말했잖아. 나는 그때도 우리가 그럴 수
있을까 의문이 들었어. 어쩌면 그럴 수 없을 거라고
단정지었지. 난 할머니가 될 때까지 살고 싶지
않았으니까.

어떻게 보면 네가 나를 끊어냈고 내가 너를 끊어낸
것일 수 있겠지. 처음엔 누가 먼저였을까 생각하곤
했는데 이제는 그게 무슨 의미인가 싶어.

네게 날 것의 감정을 보인 것에 대해 후회해.
우린 그때 너무 어렸잖아. 기억력이 좋지 않은
나지만 때때로 떠오르는 토막난 언어와 파편의
조각들이 떠돌다 나를 찌를 때가 있어. 항상 그때의
네게 사과하고 싶었어. 내가 함부로 했던 모든 것에
대하여. 함부로 널 생각하고 행동해서. 물론 나도
상처를 입었지. 하지만 너도 알다시피 나는 괜찮다고
잘 말하는 사람이잖아.

누군가 내게 너의 안부를 물으면 나도 모른다고
답하는데 기분이 참 이상하더라. 누구보다 친하다고
생각했는데 누굴 말하는지 모르겠다고 웃어넘기는
내가. 앞으로도 그러겠지. 내 인생에 존재하지 않던
사람인 듯, 그래도 괜찮아. 너도 알다시피 나는.

070

햇살이 적당한 어느 날

너는 어느날

세느 강변을 걷는 상상을 하다가 잠이 들 것이다.

잠에서 깨어났을 땐 여행지의 외곽에 위치한 작은

도미토리에서

낯선 언어로 잠을 깨곤 했던 숱한 아침들을 떠올릴

것이고,

퇴근 길에는 만원 전철에 몸을 실으면서

기차역을 맴돌던 여행객들의 수상한 냄새와

가본 적 없는 나라의 향수에 젖었던 시간들을

떠올리다 눈을 감을 것이다.

그리고 다시 눈을 떴을 땐 오늘은 저녁을 먹은 후

일찍 잠들어야겠다고 다짐했다가

자정이 되어도 좀처럼 잠이 오지 않아

옥상으로 별을 보러 나갈 것이다.

그럴 때 네게 걸려왔던 전화를 기억한다.

내 귓가에 와닿는 너의 숨 속에는
시드니의 새벽 공기와 주유소의 휘발유 냄새와
내가 모르는 시절의 네가 들어 있었다.
하늘을 올려다보라고, 별이 쏟아질 것 같다고.
너는 꼭 쏟아지듯 그렇게 말하곤 했다.

나는 더 이상 하늘을 올려다보지 않는다.
별 보기를 좋아했던 아이는
언제부터인지 하늘을 올려다보는 대신
땅을 바라보면서 걷는 날이 많아졌고,
별을 세는 대신 월급일까지 남은 날짜와 대출
이자를 세는 날이 많아졌다.
보름달이 뜬 날도 더 이상 소원을 빌지 않고
날씨가 좋은 날에도 공연히 들뜨지 않는다.

너는 언제부턴가 내게 그림을 보내지 않게 되었고
나는 언제부턴가 네 필체를 알아볼 수 없게
되었다.
너는 언제부턴가 내게 별 이야기를 하지 않았고
나는 언제부턴가 네 거처를 묻지 않게 되었다.

우리는 어른이 되었다.
나는 언제부턴가 내 전화번호부 속에서 네 이름을

찾을 수 없게 되었다.

얼마 전 날아온 재난 문자 속엔

내가 알고 있는 너의 마지막 거처가 쓰여 있었다.

나는 괜찮냐고 문자를 썼다가 지웠다가 다시

썼다가 지우길

반복하다 결국 가슴에 묻었다.

수취인 불명의 안부는 서류 더미와 밀린 약속에

파묻혀

어디론가 사라졌다.

우리는 어른이 되었다.

그저 그런 어른이 되었다.

우리는 더 이상 별 이야기를 하지 않는다.

우리는 더 이상 서로의 숨 소리를 들으면서 공연히

옥상을 서성이지 않는다.

누구도 잘못을 저지르지 않았다.

무언가가 나빠지지도, 그렇다고 좋아지지도

않았다.

다만 수십 개의 계절이 우리의 옆을 지나갔을

뿐이다.

단지 그것 뿐이다.

그래도 가끔은 말하고 싶다.

너가 보고 싶다고.

너가 알려줬던 별자리는 지금쯤 너의 옥상 위를
순회하고 있을지 궁금하다고.

071

뜬구름 같았던 관계에.

이 편지를 네가 읽고 있을 때 즈음이면 우리의
대화가 성공적으로 끝났고, 편지를 건네주는 일도
까먹지 않은 거겠지.

손 편지. 나에겐 항상 중요한 의미야.

내가 손으로 편지를 써서 준다는 건 그 사람이
이제 나에게 소중해졌다는 뜻이거든.

그 사람이 여기에선 너.

이 일이 너에게 기쁜 일은 아니겠지만 나에게는
여러 가지로 좋은 일이야.

이전에 너를 연애 대상으로 봐서 일어났던 모든
사건,사고,문제에서 떠나고도 너는 4년 동안이나 내
안에 머무른 추억이자 커다란 짐이었고, 나는 그걸
무시하려고 애를 쓰며 널 내 그림자로 밀어넣었어.

그 때는 어리석었지.

다락에 넣어놓는다고, 상자에 구겨넣는다고
사람이, 영혼이 사라지는 건 아닌데.

하지만 이제는 알아. 너가 내 안에서 나도 모르는 사이에 커다랗게 자라서 자리 잡고 있던 것. 이제는 조금 성숙해진 것 같아. 나에게 무거운 것들을 좀 덜어놓고 나아가야 한다고 생각했어. 너를 제대로 인지하고, 극복할 준비가 된 것 같아. 모두를 안고 가는 것도, 모두를 버리는 것도, 사람에겐 불가능하니까.

어렸을 때부터 내안의 커다란 존재였던 어머니로부터 '독립'했던 것처럼. 생각보다 무거운 존재였던 너를 이런 형태로나마 덜어놓고 나아가고 싶어.

그래서 고마워. 더 이상 나에게 짐이 아닌, 사람이어서. 내가 해줄 수 있는 답례는 크지 않아.

널 잊지 않는 것.

네가 나를 잊더라도 나는 너를 잊지 않는 것.

너의 존재가 위태로울 때, 사라질 것 같을 때, 희미해질 때.

나는 가만히 그곳에서 너의 존재를 증명하고 있을게.

너가 부탁하든 부탁하지 않든. 조금 오글거리더라도, 내가 해줄 수 있는 건 이 정도밖에 없네.

안녕

072

무료 성격 유형 검사

잘 지내고 있니? 시험엔 합격했는지, 어디 아픈 곳은 없는지. 너무 궁금하지만 연락하지 않고 있어. 네가 나를 잊어버렸을 거란 생각도 했지만 정말 그럴까. 가 닿는 대신 그려보기만 한다. 그러다가, 너는 나를 잊지 않았을 거란 생각을 했어. 확신이 들었지. 왜냐하면 너랑 나는 비슷하잖아. 나라면 그러지 않을 것 같거든. 너라면, 어떻게 할까, 무슨 생각을 하고 있을까.

나는 다른 사람을 궁금해 한 적이 없었다. 다른 이들이 어떤 사람이든 그게 나에게 무슨 의미가 있겠어? 내 질문과 호기심은 항상 나를 향했고 나는 그게 이기심이라 생각해본 적 없었지. 나는 인터넷에서 무료 성격검사 따위를 찾아다녔어. 붕어빵을 어디부터 베어무는지. 어떤 동물을 데리고 나룻배를 탈건지 같은 것들. 나는 항상 즐겁게 배를 타고 강을 건넜지만 누굴 데리고 탔는지 굳이 너에게 말하지 않았다. 그런데 내가 네 집에서 자고 일어난 어느 날, 잠결에 이런저런 얘기를 하다가 그, mbti 얘기가 나왔잖아. 약간의 침묵이 흐르고 너는 나에게 질문을 하고 나는 짧게 대답했지. 사실 나는 내 유형과 설명이 꽤나 맘에 들었거든. 그럴 때가 있잖아.

너는 말했지. 어, 나도 그건데. 크게 기뻐하지도 신기하지도 않다는 투로. 아, 그래? 신기하네. 라는 식으로 나도 말했지. 그 날 아침 이야기는 그걸로 끝이 났지만 우리가 자주 만나던 그 시기 '우리의 유형'은 곧잘 화제에 오르곤 했다. 우리는 서로에 대해 물었고 각자의 경험을 나누고 우리에 대해 이야기했다.

너는 천상 이과고 나는 뼛속부터 문과였지. 똑똑한 너는 변리사 시험을 보겠다고 했다. 아주 길고 힘든 시간이 될거라며. 엄청난 학교에 엄청난 학과에서 공부하는 네가 벌써부터 혀를 내두를 정도면 얼만큼인걸까. 그래도 너는 희망을 갖고 있었다. 시험에 합격하고 나면 인생은 꽤나 살만해질거라고... 수도에서 멀리 동떨어진 어디

연구소에서 삼교대로 일하는 대신, 그 당시 우리가
생각했던 멋진 직업의 요소를 다 갖추게 될
거라고. 성공해서 돌아올게, 너는 독일 탄광으로
떠나는 그때 그 시절 맏이처럼 비장하게 말했다.

그 후로 우리는 연락을 하지 않았지. 우리의
이야기는 더 이상 이어지지 않는건가, 싶었지만...

나는 아직도, 네가 궁금해. 잘 지내고 있는지
궁금해. 시험에는 합격했는지, 아니면 아직 조금 더
남은 것인지. 네가 나를 잊고 멋진 삶을 살아가고
있다해도 그건 내게 중요한 게 아닐거야. 중요한건
네가 그 '쎄빠지는' 시간을 잘 넘었는지. 많이
힘들진 않았는지. 그리고 우리가 기대했던 기쁨을
누렸는지가, 나는 제일 궁금하다. 다른 이의 삶은
안중에도 없던 내가 이렇게, 타인의 삶을 생각하고
있다. 근황만 알고 싶은 게 아니라 나는, 네가
성공하기를 바란다. 어린 시절 우리가 꿈꿨던 삶에
골인했기를. 너는 나랑 비슷하니까, 라는 말로 바람을
대충 퉁쳐가면서. 쑥쓰러우니까.

알파벳 네 개 짜리에 비해 과한
의미인걸까. 그래도 내가 아닌 다른 이의 성공과

행복을 바랄 수 있다는 것은. 다른 존재에 불과했던 누군가를 나 자신과 동일시한다는 건… 몰랐거나 잊고 있던 감각이며 새로 생긴 윤리체계. 그게 어떤 형태이든, 행복을 바랄 수 있단 건 멋진 일이겠지. 나는 너의 성공을 바란다. 매일매일 행복하길 바라. 네가, 내가. 그리고 우리가… 이 시간을 살아가는 내 친구들이, 네 친구들이, 그렇게 모두가. 설령 모르는 이라 할지라도.

아마도 이건, 가장 최신의 공동체 감각일 것이다.

073

기다림의 편지

선생님일까요? 친구 아니면 우연히 만나게 된 수행자일지도 모르겠군요. 어쩌면 나보다 어리지만 일찍이 깊은 사유에 든 이일 수도 있겠습니다. 어찌 되었든 나는 당신을 스승이라 부르겠습니다. 어떤 분이 될지 모르겠지만 당신을 기다리고 있습니다. 내 앞으로의 문예에 좋은 영향을 줄 당신. 추구하는 작품을 쓰는 데에 있어 버팀목이 되어줄 당신. 그동안 나 홀로 단련하느라 놓친 부분들을 보완해 줄 당신. 자유로움을 탐미하라 하되 조언을 아낌없이 해줄 수 있는 당신. 그런 당신이 내 삶에 나타난다면 온갖 악기를 연주하며 기쁜 마음으로 맞이할 것입니다.

나는 나름 오랜 시간을 홀로 쓰고 연구하고 단련하며 시간을 보내왔지요. 견고히 쌓은 역량을 홀로 펼치며 길을 걸었습니다. 얼마나 많은 일을 겪었던가요! 지난여름 시집 독립출판을 시작으로

낭독회도 주관해보고 전시회도 참여하면서
나의 위치, 나의 방향, 내가 원하는 것들이 점차
선명해졌습니다. 사람들은 나를 작가 혹은
선생님이라 불러주었습니다. 각종 서점들과
전시장들을 다니며 맺은 새로운 인연들 또한 나를 한
명의 예술가로 존중해 주고 관심을 표해주었습니다.
꿈을 조금씩 이루어나가서 다행이라고 느꼈지만
한편으로는 혼란도 적지 않았습니다. 많은 일을
단기간에 실천하느라 지치기도 했고 '좋은 예술가의
모습을 계속 잘 유지할 수 있을까?'라는 불안도
생겼습니다. 이대로 계속해도 되는지 누군가에게
묻고 싶었습니다. 답은 나에게 있었지만 도출하는
일은 혼자 할 수 있는 일이 아니더군요.

　　하나의 일을 수행하고 나면 다시금 새로운
출발점에 서게 됩니다. 그러니 목표인 지점에
도달하면 새로운 목표를 설정하게 됩니다. 이 연속이
어쩌면 삶일지도 모르겠습니다. 나는 예술가로 계속
남고 싶습니다. 다만 매너리즘은 싫습니다! 새로운
일들을 겪었고 새로운 사유와 감정이 생겼습니다. 이
산물들을 공부하고 있습니다. 좋은 지혜를 가진 이와
"함께" 영향을 주고받으며 성장하고 싶습니다. 나는
이제 어느덧 스물넷입니다. 그만한 삶의 짐이 나의

위로 더 얹어졌습니다. 자신이라는 인생을 짊어진
나귀처럼 도시와 바다와 계곡을 걷습니다. 그러나
앞은 훨씬 더 깊고 복잡한 미지와도 같습니다. 홀로의
한계가 느껴졌습니다. 깊은 밤을 여러 번 맞이했지만
갈수록 불어나는 밤의 무게는 지금의 두 어깨로
받치기에는 너무나 무거웠습니다. 함께여야만 키울
수 있는 근육이 필요했던 것입니다.

　　내가 스승이라 부르게 될 당신! 나의 옆에서
미지를 풀어나갈 힌트를 재치있게 던져주세요. 한
번씩 인자한 기침을 하거나 홍차나 커피를 내어주며
방향과 깊이에 대해 토론을 해보자고 권유해 주세요.
활기찬 나의 확신에 기쁨과 뿌듯함을 내비쳐 주세요.
고전을 추천해 주고 숙제를 내어주세요. 신비한
봄을, 치열한 여름을, 풍성한 가을을, 인내의 겨울을
보내는 나를 지켜봐 주세요. 당신과의 만남이
절실해지는 요즘입니다. 글을 쓰는 사람을 많이
만나는 요즘, 당신을 곧 만나게 될 거라는 로맨틱한
희망이 확신으로 되어갑니다. 당신은 나를 어떻게
단련시키고 어떤 선물을 더 줄 것인가요. 가까운 시일
내에 마주하길 바랍니다. 오늘도 눈빛을 반짝이며
인연을 꿈꾸고 있답니다!

우리가 찾는 소중함들은
항상 변하지 않아
가까운 곳에서 우릴 기다릴 뿐

- 신해철 <나에게 쓰는 편지> 중

074

사랑이 지나간 자리에서
힘들고 외로운 하루를 보낸 나에게

울어도 괜찮아. 별거 아닌 걸로 눈물이 쏟아질
수도 있는 거야. 울지 말라는 말, 어린애처럼 굴지
말라는 뜻이겠지. 하지만 모두 자기 안에 어린아이가
있어. 들키지 않으려 할 뿐이야. 괜찮아. 부족한
모습을 보이고 실수도 했지만, 괜찮아. 잘했어.
아침에 늦지 않게 출근하고, 사람들 시선 신경
쓰지 않고 네가 먹고 싶은 걸 먹고, 기분 나쁜
일에도 불평불만을 드러내지 않았어. 잘했어. 다른
누군가에게 네가 얼마나 힘든지 봐주기를 바라지
않아서, 감정을 전가하면서 너의 기분을 풀려고
하지 않아서, 잘했어. 집에 와서 맛있는 저녁을
해먹고, 재밌는 예능을 보고, 빨래도 개고, 청소와
설거지까지, 정말 잘했어. 너의 애인을 향한 사람들의
좋지 않은 말들에 힘들었지만, 그 사람에게 내색하지
않은 것도, 잘했어. 고맙다, 미안하다는 표현을
해달라고 부탁하는 너에게는 해주지 않고, 다른

사람들이 있는 단톡방에는 감사하다, 죄송하다는
말을 쉽게 먼저 하는 애인의 모습, 괜찮아. 어떤
사람들은 의식하지 못한 채 다른 사람에게 상처를
주기도 해. 그리고 어떤 사람들에겐 네가 덜 소중할
수도 있는 거야. 아니 그렇게밖에 대하지 못하기도
하는 거야. 괜찮아. 네가 너무 힘들고 지치면, 그것이
무엇이든 잠시 쉬어가도 돼. 그게 사랑일지라도.
주변까지 밝게 만드는 존재도 때로 속상해할 수 있고,
우울해할 수 있는 거야. 애써 밝은 척하지 않아도
돼. 아직은 사람들 모임에 나갈 용기가 안 날 수도
있는 거야. 조금 말을 버벅대고, 사람들의 호응을
얻어내지 못할 수도 있는 거야. 그 무심한 사람들
중 한 명이 너의 애인이라 할지라도, 괜찮아. 오늘도
네가 원하는 만큼 너에게 연락해 주지 않지만, 많이
미워하지 않아서 참 대견해. 너라는 존재는 지금 여기
이렇게 배부른 채 존재해. 잘했어. 괜찮아. 매 순간
잘 견뎠어. 지금 바로 네 곁에 아무도 없어도 괜찮아.
오늘은 조금 일찍 자면 돼. 너는 너를 위해 오늘 참 잘
살았어. 언제든지 너는 그 사람 곁에 남을 수도, 떠날
수도 있는 그런 존재야. 그 사람을 만나기 전의 너도
충분했거든. 그 사람은 너의 삶의 변수가 아니야.
괜찮아. 네가 원하는 만큼 따뜻한 그런 사람은 너의
삶에 등장할 수도 있고, 그렇지 않을 수도 있어.

그런데 그것과 상관없이, 너는 너인 채로 너무나
멋지고 아름답게 이 세상을 살아낼 거거든. 지금도
그렇고, 조금씩 네가 하고 싶은 일들을 다시 찾아가는
모습이 나는 참 좋아. 부러움과 부끄러움에서 시작한
것이어도, 행동으로 조금씩 만들어내는 네가 참 좋아.
다른 사람들을 배려하는 네가 좋고, 또 좋아. 충분히
멋지고 따뜻한 너야. 그 어떤 고민도, 걱정도 오늘
밤은 하지 말아. 그럴 이유가 하나도 없어. 참 괜찮은
너야. 너에게 참 고마워, 오늘도.

075

미루고 미루다

이렇게 기회가 닿아 편지를 쓴다. 남들한테 하는
것처럼 멋들어지게 수식어들로 꾸밀 수도, 부치지도
못하는 편지지만 누구보다 고생한 나를 지켜본 나에게
감사와 위로의 편지를 남긴다. 많이 힘들었지. 세상이
다 너를 이해하지 못하는 것 같고, 하루 두 번씩 약을
먹고. 약을 적응하는 기간에는 증세가 심해져 감당하기
힘들었잖아. 나를 괴롭히는 문제는 우울증이건 나를
찾아와 또 나를 부수고 말았지. 응급실에 실려 위세척을
했다만 그래도 살았지 않냐. 여기까지 기어서라도 온
내가 자랑스럽고 떳떳해. 새벽 꼭두새벽부터 학원비
벌겠다고 알바하러 가는 나도 멋있고. 남들보다
뒤쳐지면 어때. 못나면 어때. 난 나라서 살 힘이 난다.
널 힘들게 하는 사람도 있지만, 그만큼 널 아껴주는
사람도 있지않니. 내가 평소에 잘 살아서 그래. 우리
이렇게 된거 앞으로도 살아보자. 약 꼬박꼬박 챙겨먹고.
힘들어하지 말고. 혼자서도 잘 해낼 수 있고. 난 절대

혼자가 아니야. 멋진 사람이 돼서 나와 같은 상황에서
힘든 사람들의 희망이 되자. 스스로. 계속 적다보니
낯설어서 이만 줄인다. 사랑해.

당신에게

고생많았어요 정말.

매일 매 순간을 다 열심히 살았다고 말 할 수는

없겠지만,

지금까지 당신이 걸어온 하루 하루들 그 모든 것에

가치가 있다고 감히 말해주고 싶어요.

때때로, 아니 사실 좀 자주 삶은 짓궂지만,

그래도 음.. 까짓것 봐주자 우리가!

그렇다고 질 수는 없잖아요?

그렇게 묵묵히 치이고, 다치고 또 울고 웃다보면

뭐 단단해지겠지 조금은

가끔 내가 이기는 날도 있겠죠.

그러니 힘내요 당신!

짓궂고 얄미워도 이건 나의 삶이니까.

가장 용기 있던 너에게

너를 볼 때마다 나는 늘 그런 생각을 했어. 40년 전 그때의 너를 만났다면 우리는 꽤 좋은 친구가 될 수 있었을까? 그때 너를 만났다면 나는 그냥 말없이 널 꼭 안아주고 싶다. 네 생각을 하면 나는 늘 마음이 아려.

공부를 그토록 좋아하던 네가. 여자라는 이유로 대학 진학을 못 하고, 스무 살이 되자마자 새벽부터 밤까지 일 할 수밖에 없던 너를 생각하면 참 늘 마음이 쓰라려.

내가 그때 너를 만났다면 티격태격해도 아마 좋은 친구가 됐을 것 같은 예감이 들어. 그리고 난 너의 손을 잡고 세상 이곳저곳을 보여줄 거고, 더 넓은 세상의 이야기를 들려줬을 거야.

그때의 너는 어땠니?

그때의 너는 지금처럼 해 맑게 웃었니?

그때의 너는 어떤 걸 좋아했니?

섬진강을 바라보며 낙엽만 떨어져도 하하 호호
웃었을 네가 그려진다.

점심시간에는 반찬이 늘 김치뿐이어도 너는 늘
맛있게 먹었을 것 같아서 웃음이 나.

근데 안타깝게도 너의 생각과 다르게 너에게는 안
좋은 일들이 더 많이 생길 거야.

그중 가장 큰 나쁜 일은 너의 부모님은 네
생각보다 더 일찍 돌아가실 거야. 너는 나이가
먹으면서 네가 낳은 자식과 미친 듯이 싸울 거고,
그때마다 네 엄마가 보고 싶어도 너는 볼 수 없을
거야. 이런 현실이 앞날에 있다는 걸 내가 그때의
너에게 전했다면, 너는 다른 선택들을 하면서 더
행복해졌을까?

네가 좋아하는 집 뒤에 매화 꽃을 보고, 섬진강이
보이는 정자에 누워서 기차 소리를 들으면서 우리가
좋아하는 과일이랑 떡도 먹고 실컷 놀고 싶어.

그때의 너는 지금처럼 무릎이 아파 걷지 못할 일도

없을 테고, 그때의 너는 주에 하루밖에 못 쉬어서
매일 힘들 일도 없을 테고, 그때의 너는 사진에서처럼
밝은 미소로 너답게 날 맞이해주겠지.

나는 지금도 가끔 네 인생은 이미 망했으니,
나에게 잘 살란 말을 할 때마다 그때의 너에게 달려가
꼭 안아주고 싶어.

얼마나 꿈이 많았니. 하고 싶은 것도. 가 보고
싶었던 곳도 정말 많았겠지. 좋은 사람을 만나서,
풍요롭진 못해도, 부족하지 않게 살기를 바랐겠지.

세상은 모두 다 힘들다는데 왜 이렇게 너에게는 안
좋은 일들 투성일까?
내가 감히 너에게 위로를 전할 수 있을까?
근데 말이야. 너는 네 인생이 망가진 인생 같다고
말하지만, 나는 너를 보면서 진심으로 멋지다고
생각해. 이 세상에서 가장 용기 있고, 가장 강한
사람이라고 느껴져.
네가 힘든 상황에서도 너보다 늘 약자를 생각하고,
말투는 거칠어도 사실 누구보다 주변인들에게 사랑을
나눠주는 너를 보며, 비록 배움의 지식은 짧지만,
결코 인생의 지식은 짧지 않다고 느껴.

나라면 수없이 수백 번 무너졌을 텐데, 버티고
버티면서 살아온 너를 보면서 이 세상에서 가장
강하고, 존경하고, 가장 멋있다고 생각하는 사람이
있다고 꼭 말해주고 싶어.

　　그리고 있잖아. 순선아 너는 너무 사랑스럽다.
잘 때 새근새근 자는 네 모습도. 배낭을 메면 좁은
어깨라 한쪽 가방끈이 늘 내려가는 모습도.

　　작고, 통통한 손도.

　　너는 정말 그 자체로 사랑이란다.

　　나는 너를 만나서 인생이 절대 외롭지만은 않아.

　　너도 나를 만나서 그랬으면 좋겠다고 바라.

　　가장 멋진 너를 만나게 해 줘서 고마워.

눈물에 번진 구름 같은 노을빛이
내리면 술 생각처럼 떠오르는

- 포지션 <하루> 중

078

안녕하세요~
밤 11시쯤 쿵쿵거리는 소리가
울려서.. 조금 힘들어요.. - 601호 드림

어느 날부터 '쿵! 쿵!'하는 소리가 들리기
시작했습니다. 꼭대기 층에 살고 있는데 아래층
쿵쿵거리는 소리가 밤 11시만 되면 울렸거든요.
'운동을 하나? 가구를 옮기나?' 알고 보니
아래층에는 어린 아이가 살고 있다고 하더군요.
3월, 햇살이 좋은 3시 반, 코로나19로 재택근무를
하던 중이었습니다. '콩 – 콩. 콩-' 이번에는 분명
위에서 나는 소리였습니다. 옥상을 이용하는
사람이 별로 없는데 이상하다 싶어 올라갔습니다.
3살쯤 된 아이가 엄마가 불어주는 비누방울에
꺄르르 웃으며 뛰고 있었습니다. 우선 의자에 좀
앉았다가, 물을 떠서 화단에 심어 둔 꽃에 물을 주고,
슬쩍 상황을 살피곤 꾸벅 인사를 나눴습니다. 내려
가려다 '혹시 그게 여기 있나?' 싶어 선반에서
비누방울을 찾았습니다. 여수에 놀러갔다가 사온
건데 아주 크게 비누방울을 불 수 있거든요. 다시

옥상으로 올라가 '이거 비누방울을 엄청 크게
만들 수 있어요, 애기가 좋아할 것 같아서…' 생각
이상으로 너무 고맙다는 말을 듣고 옥상에서
내려왔습니다. 아까의 '콩콩' 소리는 '쿵쾅쿵쾅'이
되었지만. 뭐. 그래. 나도 이렇게 갑갑한데 세상 모든
것이 신기할 나이에 얼마나 답답할까, 노래 좀 크게
틀어 두고 일해야겠다~ 그렇게 몇일 전부터 써둔
쪽지는 부치지 못하고 일기장에 붙였습니다.

079

우리에게 장밋빛 우산을

인생은 살기 어렵다는데
시가 이렇게 쉽게 씌어지는 것은
부끄러운 일이다
- 윤동주, 쉽게 씌어진 시 中 (1942. 6. 3)

여전히 시가 씌어지는 것이 부끄러운 세상에 나는
살고 있습니다. 문장을 품고 잠드는 것이 사치로
느껴지는 이 곳에서 활자의 빛을 알아보는 능력은
과연 능력이라고 부를 수 있는 것일까요. 정말 그래도
되는 것일까요. 오늘도 망연해지고 맙니다. 안녕을
묻기 전에 안전을 기원하는 시대에 문학이 할 수 있는
일은 무엇인지 끈질기게 생각하는 밤이 이어집니다.
생(生)과 함께 피어난 한 송이의 장미에는 문학이라는
잎이 있고, 서사와 비유에 마음을 집중할 수 있을
때 비로소 그곳에 생활이 아닌 삶이 존재한다고
믿으니까요. 동시에 우리는 알고 있습니다. 그 단

한 송이의 장미가 꺾이지 않도록 하는 것이 얼마나
어려운 일인지를.

　　그럼에도 불구하고 맞서야 하는 이유, 무너질
수 없는 이유가 무엇이길래 우리는 이토록 지난한
싸움을 멈추지 못하는 것인지. 그 답은 오고 가는
눈빛과 굳게 다문 입술에 있습니다. 혼자가 아니라는
믿음, 그렇기 때문에 우리는 우리로서 안전하고
완전해야 한다는 강한 마음. 다시 말하자면 이런
말입니다. 우리에게는 장미가 필요하고, 장밋빛으로
물든 우산이 필요합니다. 계절을 가리지 않는 장마를
피하기 위한 우산. 때로는 함께 어깨동무를 하고
강렬한 햇빛 아래에서 웃기 위한 우산 말이에요.
그리고 우리는 우리의 장미를 짓이기지 않고도
장밋빛 우산을 펼칠 수 있어야 합니다. 빵과 맞바꾸어
장미를 피워낸 것이 아닌 것처럼요. 삶이 삶다울 수
있는 정의(定義)가 훼손되지 않을 때 정의(正義)는
실현됩니다. 어떤 경계나 구분 없이 우리는 다만
우리이기를 소망합니다. 장미의 붉음에 황홀해하고,
가슴에 스며드는 어절들을 다발로 묶어 머리맡에
놓아 둔 채로 잠드는 밤을 기다립니다.

　　우리는 장밋빛 우산을 원합니다.

　　우산을 쓰지 않고도 장미를 지킬 수 있는 세상을
바랍니다.

080

FAN MAIL

이 편지는 팬레터입니다. 그리고 팬레터가 으레 그러하듯이 눌러쓴 글자마다 씨앗을 하나씩 품고 있지요. 어떤 형태로든 당신의 마음 속에서 싹이 틔었으면 좋겠습니다. 저는 시인님의 팬이지만, 정작 이 편지의 수신은 어디로 누구에게 무엇이 될지 모르는 채로, 막연히 시인님의 속눈썹에 매달리겠습니다. 사전을 씹던 시절이라면 그럴싸한 단어들로 당신의 옆머리에 얹혀줄 핀을 고르듯 신중했을테지만, 이제는 저도 알거든요. 상대가 원하지 않는 정성은 결국 바위를 덮치는 파도와 같다는 걸. 그러니 삼켰던 단어는 뱉지 않도록 할게요.

저는 시인님에게 편지를 받은 사람 중 한 명이에요. 처음 편지를 받았을 때는 너무 기뻐 어깻죽지에 날개라도 돋는 느낌이었죠. 하지만 기쁨은 잠시뿐 곧 슬퍼졌어요. '저'만을 위한 우편이 아니라 '모두'를 위한 편지였으니까요.
발신자만 존재하는 우편물은 온기 없는 고지서와
마찬가지니까요. 하지만 괜찮아요. 아쉬움을
이야기하려는 게 아니라 제 욕심에 대한 이야기를
하고 있으니까요. 한 겹 너머의 세상을 풀린 눈으로
바라보던 당신이, 어딘지 모를 공허를 선명하게
바라보던 당신이 명랑에 대한 이야기를 할 때도 저는
슬펐으니까요. 눈 앞에 있지만 닿을 수 없는 거리감은
사람을 쉽게 절망으로 인도하니까요. 모두에게
공평한 눈빛이란 건, 예초기의 날보다 날카로워
잔인하게도 뿌리마저 베어냈죠. 저는 아무것도
못한 채, 아무것도 아닌 채 물거품이 되겠죠. 수직의
세계에 살고 계셨더라면 어느 한점에서 만날 수
있었겠지만, 끝없이 늘어지는 수평의 세계에선
가능성이라는 단어는 존재하지 않으니까요.
　　그래서 이렇게 편지를 남겨요. 손목시계와
가르마와 귀찌를 기억하며, 조곤조곤 없는 질문에
대한 답을 만들어내던 모습을 떠올리면서요.
그 모습을 봤을 때 저를 관통한 건 부끄럽게도
소유욕이었어요. 병들어 앓기 시작한 지점이기도
하구요. 오해는 말아요. 감정이라는 게 도파민과
엔돌핀과 옥시토신을 3:3:4 비율로 섞는다고 해서
만들어지는 게 아니잖아요. 저도 어쩔 수 없었어요.

이 편지를 읽고 있는 시인님도, 이 편지를 쓰고
있는 저 역시도 결국엔 피해자인 셈이죠. 저는 보고,
시인님은 보였을 뿐인데 우리는 각자 무언가를
하나씩 만들어냈고 둘 다 피해자가 되었네요. 시가
쓸모 없다면 만남은 유해한가 봐요. 유해한 만남.

저는 시를 잘 몰라요. 알고 싶지도 않구요. 하지만
시인님은 알고 싶었어요. 시인님을 알기 위해서는
시인님이 쓴 시를 알아야 하겠죠. 시인의 세계를
알아낼 수 있는 가장 좋은 방법은 시인의 시를
알아내는 거니까요. 시 안에 모든 비밀이 숨어있을
테니까요. 그래서 읽었어요. 뜯어보고 붙여보고 만져
보고 씹어도 봤어요. 그리고 내린 결론이 무엇인지
아시나요? 시인님의 시를 알기 위해서는 시인님을
알아야 한다는 사실이에요. 원점. 시인을 알기
위해서는 시인의 시를 알아야 하는데, 시인의 시를
알기 위해서는 다시 시인을 알아야 한다니. 이런
잔인한 굴레에 빠졌죠. 당신의 매력은 뫼비우스의
띠와 같아서 출구도 입구도 없어요. 그럼에도 벗어날
수 없는 이유는 매력이 중력이기 때문이지요. 저는
시인님의 궤도에 발을 헛디뎠구요. 벗어날 수 없이
공전하는 중이에요. 띠를 따라서 8자 모양으로요.
언젠가 맞부딪혀 대폭발하게 될 날을 기다리면서요.
이 팬레터가 읽히지 않았으면 좋겠다는 마음과

꼭 읽혔으면 좋겠다는 마음이 반반이네요. 무엇을
위해 이 편지를 쓰는 걸까요. 이 작은 편지는
무엇을 쏘아 올릴까요. 오발탄이 되어 의도치 않은
방향으로 향하게 될까요, 불발탄이 되어 아무도
아닌 채 식어버릴까요. 서로의 억양이 다르다는 건
항상 어긋남을 염두에 두어야 한다는 말이니까요.
각도기를 우산처럼 챙겨도 몇 개의 문을 통과하면
금새 잃어버리잖아요. 각자의 언어로 안경을
만들어 선물한다 해도 도수가 맞지 않아 어지러울
테니까요. 그래요, 이건 발신자만 존재하는 편지에
대한 답장이에요. 편지가 가지고 있는 기능만으로는
만족할 수 없으니 잃어버린 관념을 되찾기 위한
답장이에요. 답장이야말로 수신자의 존재를 증명하는
일이지 않겠어요? 그렇기 때문에 이 팬레터는 나를
위하는 것이지만 시인님을 위한 것이기도 해요.
우리를 위한 편지네요. 물론 나만이 고유하다는
생각은 하지 않아요. 울리지 않는 메아리는 목소리를
내지 않은 게 아니라 슬픔의 숲에 가로막혀 들리지
않았을 뿐이니까요. 메아리가 들렸다는 건 슬픔의
숲을 더 큰 부름으로 넘어섰다는 의미겠지요.
　　그래요, 이 편지는 사실 팬레터라 쓰고 러브레터라
읽는 편지예요. 용기 한 스푼과 코레일 티켓 한
장이면 몇 개의 다리와 몇 개의 터널을 지나 우리는

만날 수 있겠지만, 그럴 수 없어요. 용기를 담은
용기는 이미 텅 비어 바닥을 보였고, 티켓은 매진되어
입석 밖에 남지 않았는데 언제 닿을지 모를 그 긴
거리를 서서라도 꼭 가야겠다는 열정조차 남지
않았거든요. 무엇보다 시인님의 허락 없이는 움직일
수 없지요. 팬심도 폭력이 되는 시대에서 날것의
감정을 전달하는 행위는 보내는 자신도 받는 상대도
두려운 일이 될 수 있으니까요. 그렇기에 다른 무엇이
아닌 편지를 썼어요. 종이는 연약하니까요. 그리고
오늘, 이 편지는 제 손을 떠나서 시인님의 눈 앞에
펼쳐졌네요. 눈동자 너머의 세계까지 도달했으면
좋겠어요. 깊게 잔상처럼 남아서 어지럽혔으면
좋겠어요. 미안합니다. 그리고 읽어 주셔서
감사합니다. 혹시라도 우연한 기회에 다시 만난다면
손톱을 세워 제 어디라도 긁어서 상처를 내주셨으면
좋겠어요. 편지를 잘 읽었다는 의미로, 또는 기분
더러웠다는 의미로요. 물론 이건 추상적으로 하는
말이 아니에요. 물리적으로요.

당신을 뭐라고 불러야 할까요.
나는 아직도 잘 모르겠습니다.

다른 사람들에게 당신에 대한 이야기를 할 때면 '배우님'이라 칭했지만 정작 당신을 그렇게 불러본 적은 없는 것 같습니다. 나 혼자 당신을 떠올릴 때면 멋대로 '그분'이라 불렀어요. 아직도 내가 '그분'이라 부르는 사람은 당신밖엔 없습니다.

…잘 지내고 있나요?

당신은 나에게 앞머리를 양쪽으로 대충 갈라 넘긴 곱슬머리와 까만 패딩 그리고 담배 연기로 남아 있습니다. 흑백의 프로필 사진도 담배 연기를 후욱 뿜어 입가를 몽땅 가린 채 찍었죠. 그 사진을 나는 아직도 가지고 있습니다.
당신은 연극에서도 담배를 피웠어요. 아마 내가 그 연극을 본 줄은 몰랐을 거예요. 당신이 나를 만나기 전이었고, 당신에게도 그 연극을 봤다고, 당신의 그 연기를 봤노라고 말한 적이 없으니까요.

아, 연극에서 흘러나왔던 장미여관의 <봉숙이>를
잊을 수가 없습니다. 신문지를 덕지덕지 바른 다
쓰러져가는 집에서 우스꽝스럽고 슬픈 춤을 추던
형민이와 주영이…. 당신은 주영이의 아버지.
자꾸 혀를 깨물어 자살시도를 하는 바람에 입에
청테이프가 붙은 채로 기둥에 묶여 있었죠. 가끔
주영이가 테이프를 떼 주고 둘이 대화를 할 때면
담배를 한 대씩 꺼내 물고는, 네, 진짜 담배에, 진짜로
불을 붙였어요. 진짜 연기가 새까만 극장 안에 뿌옇게
치솟았죠.

주영이, 주영이. 이름 모를 그 배우를 나는 당신
덕에 연극 밖에서 한 번 더 만나게 됩니다. 그런데
연극에서와 비슷한 표정을 하고 있더군요. "밥
먹고 가세요." 주영이가 내게 말했어요. 밥 먹고
가세요…….

대학로를 떠나온 지 일 년 정도 되는 어느
날이었을 거예요. 집으로 가는 버스에서 갑자기
장미여관의 <봉숙이>가 흘러나왔습니다. 그 순간 그
극장의 공기와 냄새와 장면들이…그리고 당신이……
나는 조금 울었습니다.

곧 사월입니다. 꽃이 피고 있어요. 내가 대학로를

떠난 것도 이맘때 즈음이었습니다. 나는 오래 버티지 못했어요. 그 봄에 당신은 아직 대학로에 있었나요? 봄을 조금 지내고 갔다면 좋았을 텐데. 극장 밖으로 나와 겨울보다 더 오래 숨을 쉴 수 있었을 텐데. 바깥 공기가 데워지고 꽃이 피어도 극장 안에는 봄이 오지 않더군요. 따뜻한 햇살 아래 있다 지하로 향하는 계단을 걸어 내려갈 때면 가끔 그곳이 나를 삼키는 듯한 느낌이 들었습니다. 어둡고 싸늘하고 축축한, 거대한 짐승의 뱃속으로.

그래서 그렇게 많은 담배를 태웠나요? 땅 위로 올라와 숨을 쉬려고? 봄이 되어서야 조금 추측해볼 수 있었습니다. 당신을 처음으로, 마지막으로 만난 것도 모두 추운 겨울이었는데 말이죠. 당신이 있었던 시절은 마치 그 계절처럼 자꾸 몸을 말고 움츠러드는 기억들로 남아 있습니다. 몸 하나가 겨우 들어가 관처럼 느껴졌던 매표소나 극장 가장 구석 자리에 끼워 넣은 듯 마련되어 있던 오퍼실 (극장에선 조명과 음향을 담당하는 사람을 '오퍼레이터'라 하고 줄여서 '오퍼'라고 불렀다. 조명, 음향을 맡는다는 말을 '오퍼 본다', '오퍼 잡는다', 라고 쓰기도 했다. 여기서 '오퍼실'은 오퍼레이터가 공연 중에 머물며 조명, 음향을 컨트롤하는 곳을 말하는데 보통 무대 전체를 볼 수 있으면서도 관객들 눈에 안 띄게 객석 맨 뒤쪽

어딘가에 숨겨져 있다.)그리고 너무 두려웠던 그곳의
사람들, 그중에서도, 당신.

나는 항상 당신이 두려웠습니다. 호칭을 어떻게
해야 할지 몰라 부르지도 못했어요. 입담이 거친
사람들 속에서 혼자 '배우님'을 쓰기엔 낯간지러웠고,
감히 당신의 이름을 부를 생각은 하지도 못했습니다.
그래서 해야 할 말이 있을 땐 "저…" 하고 말문을
트거나 당신과 눈이 마주치기만을 기다렸습니다.
지금 생각하면 젊은 나이였지만 당신은 그 연극의
배우들 중에서도 연장자에 속했습니다. 위계질서가
철저했던 그곳에서 점심 식사로 몽땅 짜장면을
시킨 어린 배우들에게 "모두한테 물어보지도 않고
뭐 공산당이야?" 소리치며 휙 다시 극장으로 들어
가버린 적도 있었죠. 덕분에 막내였던 나는 짜장면을
두 그릇이나 먹어야 했습니다.

당신이 나를 처음 본 건 그해 겨울, 그 커다란
극장에서였습니다. 첫 공연이 한 달쯤 남았을
때였죠. 당신은 무대 위 기다란 소파에 껄렁한
자세로 걸터앉아 다른 배우들과 대본 리딩을 하고
있었습니다. 나는 아무것도 모른 채 무작정 극장
안으로 밀어 넣어졌죠. 어쩔 줄 몰라 하며 어정쩡하게

객석에 앉아 있던 나를 향해 당신은 무대 위에서
외쳤습니다. "몇 살이에요?" 나는 열일곱이라 답했고
당신은 건들거리는 어조로 "열일곱 살? 와-열일곱
살! 삼 년 후에 만나요-." 라 말했습니다. 별로
수위가 높지 않았음에도 청불 딱지가 붙은 성인용
연극이었으니까요. 당신도 나도 내가 그곳에서
일하게 될 줄은 몰랐을 겁니다.

　　그때 극장에 들어가자마자 했던 생각을 문장
그대로 기억합니다. '내가 무슨 짓을 한 거지?'
들어가자마자 당신들의 기운이 훅 밀려왔거든요.
뭐라고 설명해야 할까요. 날것의, 처절하고, 굳은살이
잔뜩 배긴 눈빛을 가진 사람들. 그 안에서 절대
적응할 수 없을 것 같았어요. 할 수만 있었다면 당장
그곳을 뛰쳐나갔을 겁니다. 그렇지만 나는 할 수 있는
게 없었고, 몇 시간 동안 그 자리에 투명인간처럼
놓여있었죠. 하지만 그건 시작에 불과했어요. 그런
날이 하루 이틀 쌓여 가면서 나는 하릴없이 덩그러니
놓여있는 게 무척 괴로운 일이라는 걸 배웠습니다.
차라리 바닥을 쓸고 걸레질을 하고 싶었어요. 왜
하지 않았나구요? 용기가 없었습니다. 당신이 내게
한 말처럼 내가 있어서는 안 될 자리에 들어간 것
같았어요. 무엇을 해야 할지, 어디에 있어야 할지도
모른 채 나는 항상 덩그러니 거추장스러운 나의

존재를 느끼며 그렇게 앉아 있었습니다.

　당신에게 그리고 모두에게 나는 꽤나 큰
눈엣가시였던 것 같습니다. 그럴 수밖에 없었어요.
오퍼레이터로 일했던 또 다른 연극의 오디션을
구경하다 알게 되었습니다. 작은 공연의 네 명뿐인
배역을 맡으려 몰려왔던 많고 많은 사람들…. 절실한
눈으로 대본을 말아 쥐고 극장 밖을 이리저리 걸어
다니며 대사를 외고 있었죠. 서로를 최대한 의식하지
않으면서……. 이상한 현대무용의 군무 같았던 그
장면이 아직도 선명합니다. 그러니 말 그대로 굴러
들어온 돌이었던 나는 당신들 눈 밖에 날 수밖에
없었겠죠.
　당신이 내게 했던 말들을 모두 기억하고 있습니다.
절대 잊지 않겠다고 눈물을 뚝뚝 흘리며 일기장에
힘주어 또박또박 적어놓았거든요. 나는 극장 안에선
필사적으로 눈물을 참다 연습이 끝나고 깜깜해진
거리로 나오자마자 울음을 터뜨리곤 했습니다.
울어서는 안 됐고, 당신 앞에서 울고 싶지도
않았어요. 이를 악물고 버텼습니다. 내가 나중에
꼭 연출이 돼서 당신을 배우로 쓰겠다고, 당신이
오디션을 보러 오면 내가 들었던 모든 말을 그대로
해주겠노라고 결심했어요. 나는 바늘비처럼 아프게

쏟아지는 당신의 말들을 견디느라 순간적으로
솟구쳐오르는 눈물을 참는 법을 배웠습니다.

한 번은, 왜 그랬는지 기억나진 않지만 나는 소리
내어 울어야 했습니다. 도저히 어둠 속에 얼굴을
숨기고 울 수 있는 울음이 아니었어요. 나는 빠른
걸음으로 좁은 골목들을 지나 마로니에 공원에서
울 곳을 찾아 헤매기 시작했어요. 그리고 어느 닫힌
지하실 입구로 향하는 계단에 앉아 소리 내어 꺽꺽
울었습니다.

언제부터 내게 조금씩 할 일이 생겼는지
잘 모르겠습니다. 아마 조명 감독이 도착했을
때부터였을 거예요. 검은 빵모자를 눌러 쓰고 천장에
설치된 봉 위를 거미처럼 기어 다니며 조명 위치를
조절하던 사람. 그 사람이 오고서부터 나는 조명
기계를 조금씩 만져볼 수 있었죠.

그 극장엔 오퍼실이 있는 테라스 같은 층이 따로
있었습니다. 그렇지만 아주 좁아서 허리를 4분의 3쯤
펴고 일어나면 머리가 천장에 닿았어요. 기다랗고
푹신한 의자 몇 개가 놓여있어 배우들이 그곳에
드러누워 쉬기도 했죠. 당신도 가끔 패딩을 이불처럼
두르고 올라와 졸다 가곤 했습니다. 두툼하고 새까만
패딩 속에 얼굴을 묻고 양손을 주머니에 찔러넣은 채

가만히 앉아 졸고 있으면 마치 잠자는 거대한 까마귀 한 마리를 보고 있는 것 같았어요. "난 네가 지금 무슨 생각 하는지 안다." 어느 날 자는 줄로만 알았던 당신이 움직이지도 않고 내게 말했죠. "얘 왜 안 가고 여기서 이러고 있나, 빨리 내려가라, 싫지?"

그곳에 있으면 객석과 무대가 훤히 내려다보였지만, 아래에선 밝은 조명 탓에 그곳이 보이지 않았습니다. 거기가 내 자리라 좋았어요. 가끔 할 일이 없을 때면 혼자 조명과 음향 기계들을 뽀득뽀득하게 닦기도 했는데 한 번도 청소하지 않은 것처럼 먼지들이 시꺼멓게 묻어 나왔죠.

조명들은 참 예민했습니다. 픽-소리를 내며 쉽게 터져버려서 모든 조명의 위치와 번호를 외우고 공연 중에 망가지기라도 하면 재빨리 다른 조명으로 대체해야 했어요. 가끔 조명에 붙여놓은 젤라틴이 녹아버려 동그랗게 구멍이 뚫린 색깔이 나오기도 했죠. 나는 오랫동안 조명 감독 옆자리에 앉아 그가 일하는 모습을 지켜봤어요. 그 사람은 내게 손으로 쓴 큐시트를 주고 조명들을 하나씩 알려주었습니다. 그 연극엔 정말 다양한 조명이 있었어요. 나무 모양 틀을 끼워 넣어 무대에 커다란 나무가 드리워지게 하는 조명도 있었고, 새빨간 네온사인 같은 조명도 있었습니다. 그치만 내가 가장 좋아했던 건 배우의 머리 바로 위에서 세게 쏟아지는 핀 조명이었어요.
조명이 모두 꺼진 극장에 갑자기 팡- 하고 빛을
내리꽂는 게 좋았습니다. 그리고 그 장면엔 당신이
있었죠.

　첫 공연 땐, 아직 온전히 맡아하는 일은 없었지만
나는 많이 긴장하고 있었습니다. 큰 프로젝트였던
만큼 많은 사람이 왔었죠. 초대 손님들과 기자들,
그리고 그 연극의 소설 원작자…. 그 사람의 책을
읽어본 적은 없었지만, 누구나 알 만한 존경받는
노년의 소설가라 나는 그저 신기했습니다.
　그리고 그 사람은 당신의 연기를 지적했어요.
　"이건 내가 생각한 준하가 아니라고 하더라."
공연이 끝나고 모인 배우들 앞에서 연출이
말했습니다. 당신이 연기한 준하는 시장을 납치한
중년의 남자로, 시장이 진행한 극단적인 도시개발로
모든 것을 잃고 자폐증이 있는 아들과 위태롭게 살고
있었죠.
　당신은 내가 두 눈으로 본 어떤 배우보다 소름
돋는 연기를 했습니다. 눈빛 안에 무언가가 있는 것
같았어요. 그래서 당신을 두려워하면서도 연기할
때면 입을 벌리고 쳐다볼 수밖에 없었습니다.
　언젠가 당신이 시장과 독대하는 장면에서 공연

중에 시장 역의 배우가 대사 몇 줄을 통째로 잊어버린
적이 있었어요. 그는 당황해서 같은 대사를 조금씩
바꿔 여러 번 말했죠. 나는 오퍼실에 앉아 공연을
구경하러 온 다른 배우들과 함께 아슬아슬한
표정으로 무대를 내려다보고 있었습니다. 그런데
당신은 모든 대사를 자연스럽게 받아치고 시장의
원래 대사를 유도해서 그가 다시 대본을 기억해내게
했어요. 무대를 내려다보던 모두가 소리 없이 탄성을
질렀습니다. "형, 대단하다." 내 옆에 앉아 공연을
보던 시장 역의 2군 배우가 감탄하며 말했습니다.
나도 같은 생각이었죠.

　　"말도 안 돼. 연극이 소설이랑 같아?" 배우들끼리
남게 되자 당신은 화를 냈습니다. 소설가는 납치된
시장 앞에서 당신이 자신의 사연을 설명하며 우는
것이 맘에 들지 않는다고 했어요. 자신이 생각한
준하는 울지 않을 것이라고요. 사실 아무도 이해하지
못한 지적이었습니다. 준하는 이제 그가 아닌
당신의 것이었고, 당신의 연기는 그 장면에 아주
잘 어울렸으니까요. 나는 소설가가 왜 이미 자신의
손을 떠난 작품을 고치려 드는지 궁금했습니다.
그리고 알지도 못하는 그에게 조금 실망했어요.
당신은 무대 위로 훌쩍 뛰어 올라가 울지 않는
준하를 연기해보았습니다. 그리고 밝은 조명 탓에

손차양을 만들어 위를 쳐다보며 외쳤어요. "야, 고삐리!"(당신은 나를 이렇게 불렀습니다) "어느 게 더 낫냐?" 나는 우는 준하가 더 좋다고 말했습니다. "그치? 원래가 더 낫지?" 당신은 연출이 공연을 보러 오지 않을 때면 원래대로 울며 준하를 연기했어요.

나는 첫 공연이 시작되고 며칠 동안 공연이 모두 끝나면 혼자 조명 키를 올렸다 내렸다 하며 연습을 했습니다. 처음으로 나 혼자 조명을 맡았던 날을 기억해요. 태어나서 처음 운전대를 잡는 느낌이 그런 것이었을까요. 동작 하나하나가 조심스러웠습니다. 물론 나중에는 살살 올려야 하는 조명을 한 번에 켜버리기도 하고, 색 조명을 더 세게 트는 등 내 멋대로 이것저것 하게 되었지만, 그날은 온몸의 신경을 곤두세워 큐시트 대로 모든 조명을 만졌습니다. 마지막 조명까지 실수 없이 모두 끝내자 나도 모르게 안도의 한숨이 나왔어요. "진 빠지지?" 그걸 본 조명 감독이 말했습니다. "그렇게 해야 하는 거야." 덕분에 나는 지금까지도 무슨 일이든 진이 빠질 정도로 온 신경을 곤두세우는 것이 습관이 되어 버렸습니다.

그 날 그 공연이 끝난 후에, 당신은 처음으로 내 이름을 불러주었습니다.

언제나처럼 무대에서 위를 올려다보며 외쳤죠.
나는 아주 많이 놀랐습니다. 당신에게 항상 야,
고삐리! 하고 불리는 데 익숙해져 있었으니까요. 나는
오퍼실 너머로 상체를 내밀고 당신을 바라봤어요.
"오늘 조명 네가 잡은 거야?" 나는 얼떨떨한
얼굴로 네, 하고 대답했습니다. "조명 밖에 안
보이더라!" 당신은 너털웃음을 터뜨리며 말하고는
휙 사라져버렸어요. 나는 멍해진 채로 감사합니다…
중얼거렸습니다. 무슨 일이 일어난 건지 알 수가
없었어요.

그날 이후 당신은 더는 내게 집에 가라고 하지
않았어요. 나도 극장 문을 여는 게 더 이상 두렵지
않았습니다. 사실 당신을 다시 만난다면 물어보고
싶었습니다. 정말로 궁금하거든요. 왜 그랬나요? 나를
정말로 미워했나요? 아니면…버티게 하려고 그랬던
건가요?

연극은 예정보다 많이 일찍 막을 내렸습니다.
마지막 공연이 끝나고 모두가 무대 앞에 모였어요.
나는 평소처럼 배우들에게 허리 숙여 인사하고
극장을 나가려 했습니다. 그런데 당신이 나를
불렀어요. "이 판에 있다 보면 언젠가 또 만나겠지."
처음 만났을 때처럼 당신이 무대 위에서 객석에 있는

나를 보며 말했습니다. 그리고 내게 손을 내밀었어요.
나는 당신에게 다가가 당신 손을 한 번 쥐었다
놓았습니다. 눈물이 고일 것 같았어요. 나는 극장을
빠져나와 마로니에 공원에 숨어 오래 울었습니다.

　당신에게 찾아가 이 모든 이야기를 했어야 했는데.
사실 나는 당신을 찾아갈 수도 있었습니다. 당신이
아직 들을 수 있다는 걸…알고 있었어요. 당신이
어디에 있는지도 알았습니다. 그런데 겁이 났어요.
그렇게 되어버린 당신 앞에서 내가 무슨 이야기를
할 수 있었을까요…. 그래서 나는 가지 못했습니다.
아니, 가지 않았어요. 거의 매일 지하철로 그 근처를
지났지만 가지 않았습니다. 나는 당신에게 정말
아무런 이야기도 하지 않았어요…….

　나도 당신도 그날 이후로 그곳에 오래 머물지
못했습니다. 나는 도망쳐왔고 당신은…….
오래전부터 아팠다고 했습니다. 무대 뒤에서 피를
토하면서도 공연을 했다고 했어요. 나는 아무것도
눈치채지 못했습니다. 그때 당신이 그랬다고…?
어떻게……. 너무 허망해서 어이가 다 없을
지경이었어요. 단체 메시지로 전송된 그 소식을 보고
몇 분 동안 바보처럼 입을 벌린 채 핸드폰만 쥐고

있었습니다. 얼마 동안 그렇게 멍하니 있고 난 후에야
눈물이 후두두 떨어져 내렸어요.

　　이미 대학로를 떠나온 지 몇 달이 지난 후라서,
나는 당신의 장례식장에 혼자 갔습니다. 혹여나 아는
사람을 마주치기라도 할까봐 평일 낮시간을 골라
갔어요. 장례식장에 가는 것이 처음이라 어떻게
조문을 하는지 인터넷에 검색을 해봐야 했습니다.
그리고 엄마에게 전화를 걸어 물었어요. 응 엄마,
장례식장에 운동화 신고 가도 돼…? 그 하얀 운동화
있잖아. 샌들은 안 될 것 같아서….

　　나는 당신을 겨울에 대학로에서 처음 만나서 봄에
그곳을 떠나오고 여름에 다시 만났습니다. 그리고
그곳에…주영이가 있었습니다. 오랜만이었지만 한
번에 알아볼 수 있었어요. 그 사람은 당신의 빈소
앞 작은 테이블에 앉아 부의록과 조의금을 맡고
있었습니다. 나는 그가 건네주는 펜을 받아 내 이름을
적어넣고, 만 원짜리를 꺼내어 봉투에 넣었어요.

　　그곳엔 너털웃음을 짓고 있는 당신이 있고,
순서를 헷갈린 나는 향을 피우기 전에 절을 먼저
해 버리고, 주영이는 내게 밥 먹고 가세요, 하고,
나는 장례식장에선 육개장을 주는 줄 알았는데
시래기국이네, 생각하고…….

　　이제는 당신이 어디에 있는지도 알지 못합니다.

신기하네요. 당신을 많이 잊었다 생각했는데. 이제
더는 후회하지 않는다 생각했는데. 어느 보이지 않는
곳에 고이 넣어 잘 보관해두었나 봅니다.

편지가 너무 길진 않았나요. 당신은 "이렇게 긴
걸 누가 다 읽어!" 하며 휙 돌아 극장으로 들어가
버릴지도 모르겠습니다. 그리고 무대에 던져놓은
까만 패딩 주머니에서 담배를 꺼내어 땅 위로 나와,
이제는 따뜻해진 봄 햇살 아래서 조금 더 길고,
따스하게, 숨을 쉬기를.

2014년의 겨울로, 2020년의 봄에서.

082

부침[浮沈]

당신이 지켜낸 이 땅에 또 다른 계절이 왔습니다.

시간이 참 빠르지요? 나는 오늘도 일력의 한 페이지를 뜯어냈습니다.

그 곳은 어떤지 묻고 싶습니다. 잘 지내나요? 따뜻한 곳인지 많이 궁금합니다. 혹시 그토록 바라던 지천에 샛노란 개나리가 피어나는 곳인지요?

붉은 색의 목도리만 보면 그쪽 생각에 잠들기가 어렵습니다.

순수하기 그지없던 목소리가 자꾸만 나를 간질입니다. 아, 귀찮다는 뜻은 아니니 조금 더 자주 찾아와 주기를 바랍니다.

아주 가끔, 살아가기 싫다는 생각이 들 때마다 당신을 떠올립니다.

목표를 향해 달려 나갔던 그 굳은 의지, 어떤 고난이 닥쳐와도 피하지 않았던 용기, 힘든 상황에서도 벗을 사귀며 즐길 줄 알던 천진난만한 그 모습에 다시금 힘을 얻습니다.

　조금 더 내 얘기를 들어주었으면 좋겠지만 계속
잡아두면 당신이 썩 유쾌하지 못할까 봐 걱정이
되는군요. 그 곳에는 당신이 아끼던 모든 것들이 있을
테니.

　행복만 하십시오, 그저 행복만. 눈물이 왈칵
쏟아질 만큼 슬펐고, 목청 높여 소리 지를 만큼
열렬했고, 그 누구보다 아름다웠고 또 찬란했습니다.

　이만 줄이겠습니다. 내 입가에 매달린 작은 미소가
되어 주어서 진심으로 고맙습니다.

　먼 훗날, 불꽃놀이가 열리는 밤에 만납시다.

083

이 우주

언젠가는 우주였고
언젠가는 우주일
우주야

너만의 우주를 갖지 못해서 분하다며
이 세상을 다 바꿀 것이라던 우주야

네가 나와 함께였지만
더이상 함께일 수 없는 이유는
넌 우주고 나는 우주 속을 배유하는 조그마한
먼지.

나는 소멸했지만
너는 여전히 굳건한 하나의 우주

우주야

널 스쳐지나갔던 행성들 항성들 모두 다 기억하지
못하지?
　　당연하게도 먼지 한 톨은 기억의 조각도 될 수
없었을거야.

　　우주는 먼지가 가진 것을 다 가지고 있어서
　　먼지는 우주에게 줄 것이 없었어.
　　그래도 뭔가 줄 것이 있지 않을까 우주 속을
헤매이다,
　　자신이 우주를 더럽히고 있다는 사실을 깨달았어

　　그래서 우주를 떠났고 그래서 먼지는 소멸했어

　　우주야
　　너는 이제 진정으로 우주가 된거야?

　　우주야 너의 그 맑은 세상이 먼지인 나로인해 너무
둔탁해졌구나

　　우주야 숨을 천천히 쉬어봐
　　그럼 맑은 산소도 이산화탄소도 더러운 먼지도
너를 가득 채울거야.

그러고 나서 먼지는 다시 너에게서 떠날거야.

우주야

부르고 싶어. 우주야. 이 우주

084

불광동

푸석하고 구겨진 온기의 손은 지도였다
그곳이 그곳 같았던 집들 사이를 걷는 게
할머니와 나의 하루 일과였다

피아노 소리가 들리는 생선가게에는
할머니의 친구가 계셨다
새 요구르트에는 비린내가 베여있었다
열 살의 내가 이해할 수 없었던 두 여인의 대화를
등지고
오른 편의 문방구로 향했다

좁은 천국과 걸맞지 않은 아주머니는 매섭다
손에 오백 원을 쥐고 한참동안

아무것도 고르지 못하고
할머니가 먼저 갔을까 봐

서둘러 왔던 길을 되돌아갔다

검은 봉다리를 든 왼손과 눈이 마주쳤다

할머니, 생선 구워 먹을 거예요?

그려. 고등어.

...라면이 더 맛있는데.

팅팅 불은 삼양라면의 맛은 다시 낼 수가 없더라

녹색의 대문은 쇳소리가 심해서

괜히 도둑이 된 것 같은 기분이었다

담배연기 뒤에 걸린 할아버지 사진과 달마도

그림보다는

캑캑거렸던 회색의 냄새가 더 좋았다

내 열 살의 불광이 없어졌을까 봐

불광동에 가기 두렵다

085

세헤라자데 연구소로부터

안녕! 잘 보여요?

이 까만 글씨가 보인다면 당신은 지금 편지를
잘 받은 거에요. 옛날 방식으로 보낸다고
힘들었다니까요. 종이랑 펜을 구하기부터가
그랬어요. 형식은 꼭 종이로만 보내라고 국장님이
보채셔서요. 파쇄하기 쉽고 쉽게 부서지지 않는다는
이유로요. 솔직히 좋긴 해요. 기계는 너무 잘
부서지니까요. 오감을 다 인식하긴 하지만요. 이
편지가 설령 어떤 방식이든 뇌로 잘 들어가서 당신이
인지했다면 괜찮아요. 첫 번째 단계는 완료됐어요.
확인. 축하해요.

두 번째 단계에요. 해야 할 일이 있어요. 이제는
당신의 피부를 사용해야 해요. 당신은 지금 아주
위험한 상황에 처해있거든요. 정확하게 설명하지
못하는 점 양해 부탁해요. 7차원과 8차원 사이에 끼어
있는 일이라 설명해도 못 알아들을 거에요. 웃기는

소리 하지 말라고요? 집이라고요? 카페라고요?
근처를 둘러보세요. 총 든 사람 하나도 없죠?
당신도 총이 없을 거고요! 위험한 거에요. 적어도 그
시대에는 위험한 거죠. 종이 하나로 뭘 설명해줄 수도
없고. 아쉽네. 아무튼 살결로 종이를 만져요. 종이의
까끌까끌한 감촉이 느껴져요? 느껴진다면 두 번째도
성공한 거에요. 미끌미끌하다고요? 아. 이건 좀
그렇네. 까끌까끌해야 촉각 세포가 반응한 거거든요.
특수 잉크를 썼어요. 피부의 어디든 가져다 대면
글씨가 달라붙죠. 빨리 이 글씨들을 쓰다듬어 봐요.
빨리, 지금요! 엄지로도, 검지로도, 새끼로도. 아주
손바닥으로도 좋아요. 발도 괜찮아요. 사실 손보다
발이 더 깨끗하다는 건 오래전에 연구된 결과죠.

    이상하네, 글씨가 달라붙어야 하는데. 되지
않나요? 아, 우리 세헤라자데 연구소는 한 가지
방법만 생각해놓지는 않았어요. 천 개 하고 하나는
아니더라도 이름값을 해야죠. 두 번째의 두 번째
방법을 씁시다. 그건 바로 냄새를 맡는 거에요.
그전에 말했죠? 이건 종이지만 특수 잉크를 써서
어느 정도의 오감으로 커버할 수 있어요. 이제 종이의
냄새를 맡아봅시다. 어떤 냄새인가요? 오래된 도서관
냄새, 금방 엮은 풀 냄새, 흐드러진 꽃 냄새, 아. 이건

향기라고 하지요. 코를 찌를 듯한 화장품 향기. 오,
미안해요. 이건 냄새고. 오래된 나무의 냄새. 어느
냄새인가요? 아무 냄새도 나지 않는다고요? 바로
그겁니다. 성공할 줄 알았어요. 의아하시겠지만 저
앞의 어떤 냄새라도 났다면 우리는 당신을 구해줄 수
없었거든요. 안타까운 일이지요.

　　그럼 세 번째로 넘어갑시다. 세 번째는, 다음
페이지를 넘기는 일이에요. 네, 첫 페이지에서 다음
페이지로요. 이미 했네요!　혹시 이 페이지부터
읽었다면 다시 앞으로 넘어간 다음에 확인이라는
글자를 찾아봐요. 그리고 다시 거기에 코를 대고
냄새를 맡는 거에요. 첫 번째와 두 번째가 꼬이면
보통 이렇게 해야 하죠. 번거로운 일이지만 필요해요.
우리는 당신을 살리기 위해 최선을 다할겁니다.
거기서 냄새가 안 나는 게 정상이에요. 맞아요.

　　세 번째도 완료했나요? 그래요. 그럼 네 번째
단계로 들어갑시다. 얼마 남지 않았어요. 우리의
단계는 다섯 번째까지 있거든요. 종이를 들고 거기에
귀를 대 보세요. 무슨 소리가 들리나요. 여기서
당신은 좀 놀라겠죠. 아니, 무슨 소리가 들리긴
하나요? 소리가 들려야 하냐고요? 글쎄요. 귀를 대고

가만히 있어 보세요. 분명히 들릴 거에요. 섬세하게
사각거리는 소리. 당신이 손에 종이를 들었을 때
나는 소리. 사각, 사각, 사각. 잘 모르겠다면 만져
보아도 좋아요. 그걸 기억하세요. 그 종이에서는 그
소리밖에 나지 않아요. 하나의 고유한 종이에서는
하나의 고유한 소리밖에 나지 않는다는 뜻이에요. 꼭
기억해야 해요. 명심하세요. 우리가 당신을 거기에서
데려올 때, 끝없이 귀를 갉아 먹는 소리가 날 거에요.
그 때에 떠올려야 해요. 잡아먹히지 않으려면 가장
중요하죠.

　이제 마지막이에요! 다섯째 방법. 이건...다른
사람들 옆에서 하기에 좀 역겨울 수도 있어요.
우리는 잘만 하는데 그쪽 사람들은 역겨워한다고
하더라고요. 문헌에서 읽었어요. 아니, 국물도 같이
퍼먹는 주제에 이게 뭐가 어때서? 하니 국장님이
혼내셨어요. 시대에는 시대에 걸맞는 문화가 있단다.
하고.

　이건 당신의 미각 중추를 자극할 거에요. 다섯째
방법. 종이를 핥아요. 핥아야 해요. 우리 시대에
익숙해지는 방법이에요. 앞에서 시킨 일들이 전부
그래요. 촉각, 후각, 시각, 청각, 그리고 미각.
우리 시대의 것으로 당신 신체를 동기화시키는

과정이었어요. 미뢰의 한 부분만 닿아도 반응할
거에요. 혀 전체로 감각이 퍼지면서요. 그리고 전부
신경을 따라 뇌로 가겠죠. 걱정 말아요. 어렵지
않아요. 혹시 종이 때문에 걱정이 된다면 그것도
말아요. 편지는 당신이 여기 오자마자 파쇄할겁니다.
당신은 완벽하게 2220년 사람인 것처럼 연기해야
하거든요.

　뭐라고요? 정말 못 하겠다고요? 으. 잉크랑
종잇값만 얼만 줄 알아요? 답답도 해라. 아, 아.
그래요. 미안해요. 무슨 상황인지도 모르는데
재촉했지요. 그냥 데리러 갈게요. 내가 육감을
사용하면 돼요. 아직 개발 중이고 어느 신경을
사용하는지도 모르지만 어떻게 되겠죠. 아마
미주신경이라곤 하는데. 이건 당신도 가지고 있는
거에요. 세헤라자데 연구소에 들어와서 하루 이틀
하는 일 아니니 걱정 마세요. 다섯 번째 단계까지 온
것만 해도 용해요. 보통 안 믿고 쓰레기통에 편지를
버렸다가 객사하는 게 대다수거든요. 항상 모든
사람들을 구할 수는 없는 법이죠.

　당신이 편지를 가지고 있고, 그 시대에 계속해서
존재하는 이상은 저희가 데리러 갈 거에요. 그냥
기다리세요. 3차원에 있죠? 8차원, 7차원, 6차원,
5차원, 4차원. 그 다음에 3차원. 이렇게 여섯 개만

건너 가면 돼요. 육감이고 여섯 차원이잖아요. 좌표 계산하는 데에는 좀 걸리겠지만 금방 갈게요. 할 일 하고 있으시면 됩니다.

　잠깐, 초면인 사람을 왜 이렇게 구해주려 하냐고요? 우리 세헤라자데 연구소는 사람을 구하는 데에 이유를 두지 않는답니다. 세헤라자데가 왕에게 하룻밤을 함께하고 죽어 나갔던 그 사람들을 구하려 천 개하고 하나의 이야기를 들려준 것처럼요. 저희 국장님이 이름 하나는 잘 지으셨죠. 그럼 금방 봐요.

発신인 단락

発신인

Dennis yoo	김파도
Lin Jang	김한솔
Skylar	김현경
Sophia	노유은
Wo J	도담
공감각	도아
곽민영	문정인
구름별	미루
구보라	민혜주
강유정	박나연
김가현	박서영
김미나	박성아
김민정	박신양
김민주	박지수
김서영	박혜진
김서원	배경과 윤곽
김소망	삼월의 여름
김인영	석경
김정훈	송가영
김주영	송경진
김진주	송서영

신지현   정지예
신찬경   전지혜
양수연   제비꽃
양은호   조민재
여름   조성배
오운우   조승민
오정민   조은정
원선아   조준상
유동훈   조하영
윤성지   지구인
이승현   차소영
이우현   최서영
이지혜   최승연
이하영   최은화
이희정   최희원
임발   하예은
임채리   홍참빛
임참치   황진아
임화숙
장예영
정지우

마지막 편지

C에게

비슷한 내용의 편지를 셀 수 없이 썼다 지우는 건
이별이 버릇이 되는 것만큼 슬픈 일입니다.

헤어진 이와 다시 만나 또다시 같은 이유로
헤어지게 되듯
당신을 다시 만나고 싶은 이 마음도 끝이 예정되어
있기에
이 편지는 당신의 손에 닿지 않을 것입니다.

<중략>

서로를 마음껏 사랑할 수 있는
커다란 행운이 곁에 머물렀던 시간이었다는 것을
그때는 몰랐습니다.

결국 서로에게 한없이 아름답던 우리의 모습을
기억하는 건 우리 밖에 없음을
그땐 서로가 몰랐고, 앞으로도 당신은 모르겠지만
부디 당신이 행복하길 바랍니다.

2020년 6월
M으로부터

편지가 책이 되는 일

단 한 명만 읽어도 좋을 책*을 쓰고 만든 적 있다. 모든 글은 나의 독백이었으나, 동시에 상대에게 말하지 못한 말의 묶음이자 전하지 못한 편지의 묶음이었다. 작은 가제본을 그에게 건넨 후 만난 적 없으며, 그것이 책이 되고 나서는 그가 없는 그의 자리에 책을 몰래 두고 도망쳤다.

많은 이들에게 부치지 못한, 못할 편지가, 전하지 못했을 말이 있을 것이다. 상명이 그것을 모아 책을 만들겠다 말했을 때, 와, 환호했다. 생각보다 더 많은 이들이 숨겨두었던 편지를 보내주었고, 그 글을 정리하는 데에 상명은 꽤 많은 시간을 쏟았다. 그가 글 정리를 하는 시간을 기다릴 수 없어, 나는 먼저 내지를 짜 두고 정리되지 않은 글이라도 받아 책의 모습으로 만들기 시작했다. 보내지 못한 편지들이 너무나 궁금했기 때문이다.

* <여름밤, 비 냄새>, 김현경, 2018, 스토리지북앤필름

이 책은 그렇게 만들어졌다.

예상처럼 흥미로운 편지가 많이 모였다. 가족에게,
옛 연인에게, 친구에게, 자신에게, 알 수 없는 관계의
누군가에게, 701호 이웃에게…
82명의 글을 모았으니, 최소한 82명의 상대가
있을 테다. 글쓴이가 상대에게 이 책을 전할 수
있을지 없을지는 몰라도, 이것을 책으로 읽어낼
누군가의 모습을 떠올리며 흐뭇하게 작업했다.
자신에게 쓴 편지가 담긴 책을 읽은 이가 있다면,
어디로든 꼭 알려주었으면 한다. 나는 듣지 못한
이야기, 책이 된 편지를 읽는 마음이 궁금하기
때문이다.

이 편지의 묶음이 또다른 누군가에게, 더 늦기
전에 용기내 편지를 전할 수 있는 계기가 되길
바란다.

나 또한, 전할 수 없는 말이 많아 오늘도 글을 쓰고
책을 만든다.

2020년 여름,
김현경

그리고

"이렇게 울어도 괜찮을까?라고 생각할 만큼
슬프게 울었던 밤이 있습니다."
(후략)

처음에 썼던 편지는 더 큰 아픔에 대한
이야기였습니다.
4월 16일과 5월 18일 그리고 수많은 잊을 수 없는
잊지 않아야 하는 날들
그날들이 하나씩 모여 세상을 바꾸는 빛이 되길
차마 맺지 못한 마음에 담아 간절히 바랍니다.

77 page

77페이지의 책

PAGES 4th COLLECTION

부치지 않은 편지

글	**82명의 익명의 발신인**
기획	**이상명**
디자인	**김현경** @warmgrayandblue
펴낸곳	**77PAGE**
이메일	**77pagepress@gmail.com**
스마트스토어	**77page.com**
인스타그램	**@gaga77page**
초판 1쇄 발행	**2020년 6월 17일**
초판 3쇄 발행	**2024년 9월 27일**

ISBN **979-11-968095-4-6**

77page